Autor: Heinz-Willi Lemgen
(Nickname: taba04)

Mein Schatz, der liegt im Wald
25 Episoden eines Geocachers

Autor: Heinz-Willi Lemgen
(Nickname: taba04)

Mein Schatz, der liegt im Wald

25 Episoden eines Geocachers

Rediroma-Verlag, Remscheid

Bibliografische Information der Deutschen Nationalbibliothek:
Die Deutsche Nationalbibliothek verzeichnet diese Publikation in der Deutschen Nationalbibliografie; detaillierte bibliografische Daten sind im Internet über http://portal.dnb.de abrufbar.

ISBN 978-3-96103-596-0

Copyright (2019) Rediroma-Verlag

Umschlagillustration:

Alle Rechte beim Autor

www.rediroma-verlag.de
12,95 Euro (D)

Inhaltsverzeichnis

Vorspann 1 - Ich muss verrückt sein!!!.................8
Vorspann 2 - „Geocaching", was ist das denn?..10
Episode 1 - Aller Anfang ist doch leicht............13
Episode 2 - Der perfekte Tag...............................21
Episode 3 - Auf Schatzsuche mit Finn...............30
Episode 4 - Geocaching ist ein doofes Spiel.......35
Episode 5 - Und plötzlich ist alles ganz anders!.40
Episode 6 - Lahmi machte mich „berühmt" 45
Episode 7 - Lahmi und die Folgen......................48
Episode 8 - Earthcache Day................................51
Episode 9 - Erste Hilfe..54
Episode 10 - Klein, aber oho! 58
Episode 11 - Der anhängliche Nano 61
Episode 12 - Die quirlige Turnerin 67
Episode 13 - Geoaching meets Klassik...............70
Episode 14 - 300 Meter zum Glück 72
Episode 15 - Engelchen contra Teufelchen 76
Episode 16 - Der Kölsche Glaube.......................80
Episode 17 - Ich werd' hier noch verrückt.........83
Episode 18 - Was Schnelles auf der Brücke 87
Episode 19 - Doris und Heinz.............................91
Episode 20 - Der Alptraum..................................97
Episode 21 - Von nun an ging's bergab............103
Episode 22 - Schüsse in der Dunkelheit 107
Episode 23 - Uns ging doch ein Licht auf 112
Episode 24 - Die vertauschten Zwerge 119
Episode 25 - Oben im Schneewittchen Land....126
Anhang 1 - Geocaching-Begriffe......................132
Anhang 2 - Besondere Geocaches 136
Anhang 3 - Geocaching Souvenirs 138
Anhang 4 - Achendamm-Runde 142

Danke Martina und Michael

Liebe Martina, du alleine bist schuld daran, dass dieses Buch überhaupt entstanden ist! Immer und immer wieder habe ich von meinen Erlebnissen erzählt, bis dieser entscheidende Satz von dir kam: „Schreib deine Erlebnisse doch mal in ein Buch, damit andere auch so viel Spaß haben wie wir".

Danke an dich und Michael, weil ihr, als es dann tatsächlich ernst wurde, mir mit monatelanger Hilfe beigestanden habt. Eure Anregungen und Verbesserungsvorschläge haben das Buch erst zu dem gemacht, was es jetzt ist.

Dieses Buch widme ich all' den unzähligen

Geocacherinnen und Geocachern

auf der ganzen Welt, die

- so wie ich -

diesem Hobby rettungslos verfallen sind.

Vorspann 1 - Ich muss verrückt sein!!!

63 Jahre lang war ich normal, zumindest aus meiner Sicht heraus. Aber dann schlug das Schicksal erbarmungslos zu. Mit einer solchen Wucht und Härte, dass mich diese Verrücktheit wie ein Keulenschlag traf. Bevor ich so richtig wusste, was los war, hatte sie mich im Griff und ich wurde einer von Millionen von Gleichgesinnten in aller Welt.

Stellt euch das bloß einmal bildlich vor, da gehe ich doch an einem Sonntagnachmittag als ein ganz normaler, friedlicher Mensch aus dem Haus und als ich nur wenige Stunden später wieder zurückkehre, bin ich ein ganz anderer Mensch, mit einem Fieber, das mich ein Leben lang begleiten wird und das als nicht behandelbar gilt. Zu meinem Sprachgebrauch gehören jetzt

Member, Reviewer, Hint,
Hasengrill, Power-Trail

oder noch viel schlimmer

ROT-13, DNF, DGPS, FTF und TTF.

Denn ich bin jetzt ein Geocacher. Mich hat ein Fieber erwischt, gegen das ein Gegenmittel bisher nicht gefunden wurde, man kann es nicht ignorieren, erst recht nicht bekämpfen, man kann es nur zu einem Teil seines Lebens machen und sich mit ihm arrangieren.

Was Geocaching ist, das erkläre ich auf der nächsten Seite. Nein, es ist nichts zu essen, auch kein südländisches Getränk, es hat nichts mit Science-Fiction zu tun und auch nicht mit der Botanik.

Obwohl halt, doch! Denn es hat ja von allem etwas. Wenn man zum Cachen unterwegs ist, dann ist Essen und Trinken absolut nicht mehr wichtig, mit Science-Fiction hat es auch zu tun, weil man oft rätseln muss und häufig lange nicht weiß, wo man überhaupt landen wird. Ja und die Botanik, die lernt man so richtig lieben. Dornen aus der Haut ziehen, Ameisen auf der Haut, Zeckenalarm und stundenlange körperliche Erinnerungen an Brennnesseln, all das lernt man so richtig lieben und schätzen. Als Geocacher bist du jedenfalls fast eins mit der Natur.

Kaputte Hosen, ein defektes Fahrrad, aufgeschrammte Finger und Hände, eine dicke Beule am Kopf, durchgeschwitzte Sachen, ein Auto mit einer dicken Schicht aus Lehm und Sand. Alles das ist Bestandteil von Geocaching.

Aber all das ist absolut unwichtig, wenn dieser eine Moment kommt, wenn es dir gelingt, den Cache zu finden und dich ins Logbuch einzutragen.

Verstehen wird das kein Fremder, verstehen kann ich es ja selbst nicht.

Vorspann 2 - „Geocaching", was ist das denn?

Geocaching ist ein Freizeitsport, der seit Mai 2000 von einer Vielzahl von Menschen, die sich mit dem nicht behandelbaren, fieberkranken „Ric-Virus" (lat. „Reperio in can", deutsch „Find-die-Dosa") angesteckt haben, ausgeübt wird.

Der Geocacher – oder einfach nur Cacher – ist eine besondere Spezies, der tagsüber, aber auch nachts durch Ortschaften oder Wälder rennt, irgendwelche Tupperdosen sucht und dabei alle möglichen Menschen oder Tiere auf- und verschreckt.

Er wird häufig nass, erkältet sich, fällt immer wieder über Unebenheiten oder bleibt im Dornengestrüpp hängen und zerreißt sich dabei Bluse, Hemd oder Hose. Bei der Suche nach einem sog. Cache, meist in Form einer Tupperdose, folgt der Geocacher irgendeiner nicht vorhandenen, aber in seiner Fantasie existierenden Spur. Dabei hilft ihm ein kleines GPS-Gerät, das ihn grundsätzlich in die falsche Richtung schickt und dessen Batterien immer dann ausfallen, wenn er sich kurz vor dem Ziel befindet.

Zur Grundausstattung eines Geocachers gehören festes Schuhwerk, atmungsaktive Socken, häufig ein Rucksack und bei schlechtem Wetter eine Regenkappe. Meist wird diese Grundausstattung durch alle möglichen Utensilien, die er in überteuerten Geocaching-Shops erworben hat, erweitert und durch viele weitere Dinge aus dem eigenen Haushalt oder vom Flohmarkt

– nach dem Motto „Das kann ich bestimmt gebrauchen" – vervollständigt. So schleppt der bestens ausgerüstete Geocacher etliche Kilogramm an Material mit sich, um am Ende seiner Tour festzustellen, dass er lediglich eine Pinzette gebraucht hat.

Nachdem er sich oft genug verlaufen hat, findet er nach langem Suchen und Stöhnen den Cache, den er irgendwie mühsam aus Gestrüpp, von Ästen oder aus uralten Baumstümpfen herausholen muss. Hält er den Cache tatsächlich dann in Händen, wächst der Cacher direkt ein paar Zentimeter und nimmt eine Haltung an wie ein Goldmedaillengewinner bei Olympia.

Den nun liebevoll „umsorgten" Cache nimmt er aber nicht etwa mit nach Hause, um ihn in dort für alle Zeiten als Trophäe auszustellen, nein, er verbuddelt ihn mit wachsender Begeisterung wieder an der gleichen Stelle, hinterlässt aber in einem – meist nassen und fast immer vollen – Logbuch seine „liebevollen" Bemerkungen, so nach dem Motto „Ätsch, ich war aber vor dir da!", um damit nachfolgende Cacher zu demoralisieren.

Müde und kaputt geht er anschließend mühsam die jetzt plötzlich viel zu große Entfernung zu seinem irgendwo abgestellten Cachemobil zurück und fährt, oft frierend und nass und mit dreckigen Klamotten und einem Auto, das anschließend in die Waschstraße muss, nach Hause. Irgendwann später trägt er, geschlaucht, aber glücklich, noch irgendwelche Daten in vorgeschriebene Geocaching-Felder im Internet ein.

Denn viel wichtiger noch als der eigentliche Fund ist es für einen „Elite-Cacher", vor der ganzen Welt Imagepflege zu betreiben. Dabei steht ihm das Internet hilfreich zur Seite, auf ganz speziellen Geocaching-Seiten prahlt der so erfolgreiche Geocacher gerne mit seinen Funden und behauptet, dass doch alles ganz einfach gewesen sei und er die Dose natürlich sofort gefunden hätte, selbst dann, wenn er zig Mal am falschen Platz gesucht, zig Anläufe gebraucht und sich die Augen aus dem Kopf geguckt hat.

Er hat häufig stundenlang nichts gegessen und kaum etwas getrunken, sich abgequält, ist nass geworden, hat blaue Flecken an Armen und Beinen und Dornen in den Fingerkuppen, aber all das ist Vergessen, denn die eigene Cachezahl ist jetzt um einen ganzen gefundenen Cache gestiegen!

Ist Geocaching nicht herrlich?

Episode 1 - Aller Anfang ist doch leicht

Eine Traumtour, Teil 1

Die beiden ersten Episoden dieses Buches stehen aus einem ganz besonderen Grund ganz vorne. Nicht, weil sie die bisher schönste Wanderung in meinem Cacher-Dasein beschreiben, nein, diese Runde war meine allererste Geocaching-Erfahrung und sie ist „schuld" daran, dass ich Jahre später zum Geocacher wurde.

Im Gegensatz zu den übrigen Episoden mit „Action", wundersamen Begegnungen oder Erlebnissen beschreiben diese beiden Episoden eine ganz normale Tour, wie sie jeder Cacher erlebt. Aber eine, die ich Zeit meines Lebens nicht vergessen werde. Ich werde versuchen, sie so zu beschreiben, dass jeder das Gefühl hat, er sei dabei gewesen.

Erwartet ausnahmsweise keine Überraschungen, geht einfach mit und genießt diese wunderschöne Tour. Für diejenigen, die die Tour streckenmäßig mitverfolgen möchten, habe ich in Anhang 4 eine Skizze beigefügt.

Details der Wanderung:
- Name: *Achendamm-Runde (siehe Anhang 4)*
- Ort: *Start und Ziel ca. 1,5 km hinter Marquartstein, Landkreis Traunstein, Oberbayern*
- Länge: *7 km mit 13 Tradis und 1 Kurz-Multi*
- Datum: *30. Oktober 2011*
- Wetter: *Traumhaft, sonnig, kaum ein Wölkchen am Himmel*
- Zweck: *Praktische Einweisung in Geocaching*
- Teilnehmer: *Helmut, aus der Nähe von Bonn, NRW, 45*
  Martin, aus Frankfurt, Hessen, 35
  Willi (das bin ich), aus dem schönen Westerwald, RP, 60.

Im Oktober 2011 war ich wegen einer Reha-Maßnahme in Prien am Chiemsee. Ich liebe Bayern über alles, es ist meine 2. Heimat geworden. Und da ich mir die Klinik aussuchen konnte, war klar, wohin es ging.

Ende der 2. Behandlungswoche kam Helmut, mit dem ich mich schnell angefreundet hatte, auf mich zu und fragte, ob ich Lust hätte, am kommenden Sonntag mit ihm Cachen zu gehen, sie hätten wunderbares Wetter gemeldet.

Ich wusste nicht, was Cachen war, aber er erzählte so begeistert davon, dass ich neugierig wurde und mit bin. Uns angeschlossen hatte sich Martin, der erst wenige

Tage zuvor eingetroffen und der auch Cacher-Neuling war.

Laut Helmut hatten wir viel Zeit für die Runde, also ließen wir den Sonntag gemütlich angehen, frühstückten in aller Ruhe und fuhren so gegen 09.30 Uhr los. Da Helmut mit dem Motorrad in Prien und Martin mit dem Zug angereist war, blieb nur ich als Fahrer.

Helmut hatte meine Leidenschaft für Bayern schnell erkannt, ihm ging es genauso, daher hoffte ich natürlich auf eine schöne Gegend. Er hatte uns aber nicht verraten, wo es hinging, nur, dass wir in einer schönen Gegend etwa 5 Stunden unterwegs sein würden. Er dirigierte mich, nach ein paar Kilometern ging es unter der Autobahn durch in Richtung Oberbayern mit seinen herrlichen Bergen. Ich war happy! Die Krönung aber kam noch, denn als wir nach etwa 30 Minuten unser Auto abstellten, standen wir direkt neben einem herrlichen Fluss, der *„Tiroler Achen"*.

Nach dem Aussteigen erzählte Helmut, dass direkt neben dem Parkplatz ein Cache liegen würde, den möchte er aber bis zum Schluss aufbewahren. Also schulterten wir drei unsere Rucksäcke mit Proviant und sonstigen „Zutaten" und tigerten los. Die Route blieb auf der gleichen Flussseite und führte uns nach nur wenigen Metern in ein kleines Waldgebiet mit sehr gut zu gehenden Wegen hinein. Unterwegs erzählte Helmut uns beiden Anfängern, wie alles funktioniert und gab jedem kurz sein GPS-Gerät, sodass wir damit schon mal etwas üben konnten. Aber nicht lange, denn bis zum ersten Cache waren es nur etwa 200 m. An einer kleinen Weggabelung sagte er „STOPP, hier muss er liegen". Er erklärte uns, worauf wir bei unserer Suche achten müssten und wie wir am besten vorgehen würden.

Mitten in seine Erklärungen hinein musste ich plötzlich laut lachen. Ich hatte mich ein wenig abseits vom Weg neben einen dicken Baum gestellt und während er erklärte, entdeckte ich an dem Baum etwas mir Unbekanntes. Ich zeigte hinter den Baum und fragte „So etwas?" Helmut war leicht irritiert, kam die paar Meter zu mir rüber, schaute sich das an, lachte und meinte „Anfängerschwein".

Das sei ein Petling, den man häufig vorfinden würde, erzählte er uns. Er schraubte ihn auf, darin war das sog. Logbuch, in das wir uns alle drei eintrugen. Ganz wichtig sei es, fuhr er fort, dass man den Petling wieder genau dorthin legen würde, wo man ihn gefunden hat, denn sonst würden die Koordinaten, mit denen man den Cache finden soll, nicht mehr stimmen. Und dass ein Cache immer etwas abgedeckt werden müsste, damit Nicht-Cacher, die man in der Geocaching-Sprache als „Muggel" bezeichnen würde, ihn nicht finden und evtl. zerstören würden. Hier hatten wir ja selbst erlebt, wie es nicht sein soll, der Cache war zwar hinter einem Baum ziemlich weit unten befestigt und daher vom Weg aus nicht zu sehen, aber abgedeckt war er nicht, sonst hätte ich ihn sicherlich nicht so schnell aufspüren können.

Dann kramte er in seinem Rucksack und holte ein Sektfläschchen sowie drei Pappbecher hervor, so feierten wir mitten in einem kleinen Waldstück unseren ersten gemeinsamen Cache. Das war typisch Helmut, er war einfach ein fantastischer Kerl. Die Hoffnung auf weitere Sektduschen aber nahm er uns schnell, er habe nur dieses eine Fläschchen mit.

(Wie ich erst später erfahren habe, gehörte dieser Cache nicht zur Achendamm-Runde und da es zum Zeitpunkt dieser Erzählung dort auch keinen Cache mehr gibt, weiß ich nicht mehr, wie er hieß. Helmut hatte ihn vermutlich mit aufgenommen, weil es ansonsten bis zum Beginn der Achendamm-Runde 700 Meter gewesen wären und so waren es gerade einmal etwa 200 m bis zum ersten Erfolg).

Nachdem wir „ausgefeiert" hatten, mussten wir leider den schönen Weg verlassen und einen anderen nach rechts nehmen. Es waren nur ein paar Schritte, da verließen wir das kleine Waldstück und standen mitten in einer Wiese. Ach was, von wegen in „einer", da gab es nur noch Wiesen. Mittendurch verlief ein kleiner Wiesenpfad, der den Waldweg fortsetzte und zu zwei, mitten in den Wiesen stehenden Häusern führte.

Ich hatte keine Ahnung, wie weit Caches auseinanderliegen, aber da der erste so schnell erreicht war, dachte ich, das ginge so weiter. Aber bis zu den beiden Häusern war es weit, ich konnte es, da man ja nichts als Wiesen sah, jedoch nicht schätzen. Also fragte ich Helmut, ob wir dort den nächsten Cache finden würden. Seine Antwort war überhaupt nicht nach meinem Geschmack, denn die beiden Häuser lägen etwa genau in der Hälfte des Weges, den wir zurücklegen müssten.

Aber wir waren ja fit, wir waren doch auch erst kurz unterwegs, also marschierten wir hintereinander auf schmalem Wiesenpfad mitten durch unendliche Wiesen. Der Pfad war hervorragend zu gehen, richtig weich federte alles, sodass die Schritte uns nicht schwerfielen. So „Wege" findet man bei uns in der Gegend nicht, ich habe scherzhaft gesagt, das ist, als habe man alles wie eine Loipe gespurt.

Nachdem wir die beiden Häuser passiert hatten, konnten wir, etwas weiter entfernt, ein weiteres größeres Gebäude sehen, unser Ziel. Das Gebäude entpuppte sich als ein großer Bauernhof, zu dem eine kleine Straße führte. Kurz bevor wir diese Straße erreichten, gab Helmut Martin das GPS-Gerät, damit er als Erster vorneweg marschieren und uns führen konnte.

An der Straße angelangt, folgten wir ihr in Richtung Bauernhof. Sie führte bis wenige Meter hinter den Bauernhof, endete dort und ging als Feldweg weiter.

Unmittelbar am Beginn des Feldweges war ein kleines Holzschild „Sackgasse" angebracht, dass auch dem

Cache seinen Namen gab und in dessen Nähe der nächste Cache liegen musste.

Links vor diesem Schild führte ein ganz schmaler Pfad zu einem Steinhaufen, Martin ging mit seinem Gerät dorthin und suchte in dem Steinhaufen. Helmut war stehengeblieben, er hielt sich ganz bewusst zurück und ließ uns Anfänger suchen.

Da Martin vor dem Schild links in der Wiese suchte, ging ich an dem Schild vorbei, etwas weiter nach oben. Helmut bremste mich, in dem er rief: „Nicht so weit hoch, da oben kann er nicht liegen." Ich drehte mich um, um etwas zu antworten … und blickte genau auf den Cache, der auf der Rückseite des Sackgassenschildes befestigt war. Ich ging die wenigen Schritte zurück, rief ihm zu „Stimmt" und zeigte ihm den Cache, eine kleine schwarze Filmdose.

Helmut schüttelte nur den Kopf und rief Martin zu, er könne mit Suchen aufhören. Martin war nicht ganz glücklich über diese Entwicklung, das merkte man ihm an. Auf dem weiteren Weg war er doch schweigsamer als bisher. Aber es war doch reiner Zufall und pures Anfängerglück, dass ich 2 Caches nacheinander gefunden hatte.

Zum nächsten Cache wären es nur 400 Meter, sagte Helmut. Na, das war eine Entfernung, die sich doch besser anhörte als die letzte mit ihren gut 900 Metern. Dadurch angespornt ging es, an dem Sackgassenschild vorbei, zügig den kleinen Weg hoch in ein Wäldchen. Nach nur wenigen Waldmetern trafen wir auf einen breiteren Querweg, dem wir nach rechts, also weg vom Startgelände, folgen mussten. Der Weg verlief auf einer kleinen Anhöhe mitten durch den Wald, von dort aus konnten wir immer wieder mal auf die *Tiroler Achen* schauen, wir waren jetzt wieder viel dichter an ihr dran.

Irgendwann musste Martin „in die Büsche", sodass Helmut und ich uns alleine unterhalten konnten. Helmut meinte, dass Martin das alles doch etwas zu ernst und anscheinend als Wettbewerb ansehen würde, aber – und das müsse er wohl noch lernen – Cachen sei immer Teamwork und nie einer gegen den anderen. Diese Worte habe ich heute noch im Ohr, sie treffen exakt den Kern beim Cachen.

Aber, um allem aus dem Weg zu gehen, bat mich Helmut „Suchen ja, Finden nein". Ich fand Martins Verhalten richtig blöd (sorry), habe aber nichts gesagt, weil ich ihn ja kaum kannte und wollte mitten im Wald und bei einer so schönen Tour Ärger unbedingt vermeiden, ich wollte ja „nur" eine schöne Runde mit viel Spaß gehen.

Ob mein Glück so weiterging, ob Martin endlich auch „seinen" Cache fand, das alles könnt ihr in Episode 2 lesen.

Episode 2 - Der perfekte Tag

Eine Traumtour, Teil 2

Das Listing des nächsten Caches „Der Jäger" zeigte einen kleinen, direkt auf der Erde stehenden Schießstand und da der Hint „innen" sagte, war klar, wo zu suchen war.

Martin stürzte sich direkt innen rein, ich musste ja hinterher, wenn ich nicht rein wäre, wäre das zu auffällig gewesen. Martin hatte seine Taschenlampe an und wühlte auf der linken Seite des kleinen Schießstandes aufgeregt überall herum. Mir blieb nur eine kleine Ecke auf der rechten Seite. Er wirbelte im wahrsten Sinne des Wortes viel Staub auf, dadurch musste ich plötzlich niesen. Da ich mich aber gerade mit der einen Hand abstützte und in der anderen meine Taschenlampe hielt, bekam ich mein Taschentuch nicht richtig zufassen und es fiel unter eine kleine Eck-Sitzbank. Ich wollte es dort nicht liegen lassen, bückte mich und leuchtete dorthin, wo ich mein Taschentuch vermutete.

Nun, wer will jetzt weiterschreiben? Ich denke, jeder weiß, was kommt. Ich habe mein Taschentuch gefunden, es lag kurz vor dem Cache, der an der hinteren dicken Holzstütze der Bank angebracht war.

Da ich aber „Fundverbot" hatte, nahm ich das Taschentuch und habe ein paar Mal laut gehustet, damit es so aussah, dass ich raus an die frische Luft „musste". Helmut stand ein paar Meter von der Tür entfernt, ich habe ihn nur angesehen und mit den Schultern gezuckt, er wusste sofort Bescheid.

Aber dann, dann kam von innen ein Schrei, gut, dass der Schießstand keine Glasfenster hatte, die wären zu Bruch gegangen. Die Tür flog auf und Martin stand mit ausgestrecktem Arm vor der Tür und reckte den Cache in den Himmel. Wir haben natürlich mit ihm gejubelt und ihn gelobt. Was er zuvor zu wenig gesprochen hatte, holte er ab dem Moment nach. Auf dem Weg zum nächsten Cache versorgte er uns mit allen Details seiner so erfolgreichen Suche und das zig-Mal.

Nun hatte auch er seinen ersten Cache gefunden, der einzige, der bis dahin leer ausgegangen war (das aber ganz bewusst), war Helmut. Aber das sollte sich bereits beim nächsten Cache (Der Steg) ändern.

Wir mussten den weiter geradeaus gehenden breiteren Weg verlassen und stattdessen links hinuntergehen. Aber das war auch „lohnender", wie sich herausstellte. Wir gingen solange hinunter, bis wir auf einen breit angelegten und hervorragend präparierten Weg stießen, der unmittelbar neben der *Tiroler Achen* entlang lief. Nun gingen wir erstmals – bis auf die wenigen Anfangsmeter – direkt neben dem Fluss her, es war herrlich.

Der Weg verlief ständig zwischen 5 und 10 Metern parallel zum Fluss, zunächst war er nur von wenigen Bäumen rechts und links gesäumt, aber nach etwa 200

Metern ging es in einen Wald hinein, den wir erst nach etwa einem Kilometer wieder verlassen sollten.

Wir blieben etwa 500 m auf diesem Weg, bis wir an einen Steg kamen, der dem Cache seinen Namen „Der Steg" gegeben hatte.

Auf dem Bild rechts ist dieser Steg zu sehen. Wir kamen (auf das Bild bezogen) von unten, mussten die Aufgabe am Steg erledigen und folgten dann dem Weg, der über den Steg nach links geht.

Unterhalb des Stegs fließt der kleine *Raitener Bach*, der kurz hinter der Biegung nach rechts in die *Tiroler Achen* mündet.

Bei diesem Cache erübrigte sich jedes Taktieren, denn Martin und ich mussten passen. Es war ein Cache mit einer schwierigeren Geländewertung (T3,5). Es war problematisch, an ihn heranzukommen, denn er war unterhalb des Brückenstegs und zur Mitte hin, also in Richtung Bachbett, befestigt.

Der Steg war so schmal, dass ich froh war, ihn nicht betreten zu müssen. Und dann noch nach unten sehen zu mussen, nein, das war nun überhaupt nichts für mich, denn ich bin nicht schwindelfrei. Also musste Helmut ran, für den das aber nur ein kleines Problem darstellte. Wie er ihn hervorholte, weiß ich bis heute nicht, ich konnte nicht mitansehen, wie ein 180 kg-Mann dort an so einem schmalen Steg hantierte. Aber er schaffte es, loggte, befestigte den Cache wieder und kam zu uns auf den Weg zurück. Irgendwie verstand ich in dem Moment nichts. „Aber ich muss doch auch loggen", sagte ich.

„Ja", sagte Helmut, „das kannst du doch auch, ich habe euch doch gerade gezeigt, wie es geht." Aber prompt lachte er, vermutlich haben Martin und ich in dem Moment doch ziemlich dämlich ausgesehen. Er beruhigte uns und meinte, er habe uns dort unten mit eingetragen. Das wäre normalerweise nicht erlaubt, aber es würde bei schwierigen Caches immer mal wieder gemacht, um gefährlichen Situationen zu entgehen.

Und schon hatten Martin und ich wieder etwas gelernt. Dieses Lernen sollte sich beim nächsten Cache „Abluft" direkt fortsetzen.

Der Cache, unser nunmehr bereits fünfter, lag exakt in der Mitte zwischen dem „Der Steg" und unserem Tour-Wendepunkt.

Der Listing-Name „Abluft" klang für uns komisch, wir verstanden ihn erst, als wir am Ziel eintrafen.

Denn, mitten im Wald, standen wir plötzlich vor einem Rohr, das aus der Erde kam und absolut komisch aussah (siehe Bild).

Natürlich hatten wir wechselweise ganz tolle Ideen, was das wohl sein könnte, aber die wiederzugeben, würde hier den Rahmen sprengen.

Diese Ideen hätten wir für den Cache auch gebrauchen können, aber weder Martin noch ich fanden den Cache. Auf die Sprünge half uns dann Helmut, der mithilfe eines ausfahrbaren magnetischen Stabes aus dem Kopfteil des Rohrs den Cache von innen herausfischte. So lernten wir in der Praxis auch direkt eines der wichtigsten Cacher-Utensilien kennen.

Kurz nach diesem Cache ging es aus dem Wald heraus über einen schön angelegten Feldweg, immer unterhalb des Dammes zur *Tiroler Achen* entlang in Richtung Cache Nummer 6, „Nepomuk", der gleichzeitig unser Tour-Wendepunkt war. Kurz vor Nepomuk trafen wir auf einer Anhöhe auf 2 Bänke, die uns wie gerufen kamen, denn wir waren bis dahin mit Anfahrt gut 2 ½ Stunden unterwegs gewesen und so langsam hatten wir Hunger.

In der Klinik kann man sich am Wochenende vom Mittagessen befreien lassen, man bekommt dafür nach dem Frühstück ein üppiges Lunchpaket. Damit hatten wir genügend Proviant dabei, es war für mich so viel, dass ich bestenfalls die Hälfte schaffte. Einen Apfel, einen kleinen Müsliriegel, eine Banane sowie zwei Tütengetränke hielt ich mir noch für später zurück, der Rest ging an Helmut, der war groß und kräftig und entsprechend ein guter Esser.

Nach der Stärkung und einer etwa 30-minütigen Pause bei herrlichem Sonnenschein hatten wir uns erholt und waren bereit für die Rücktour, die streckenmäßig etwas länger war als der Hinweg.

Bis zu Nepomuk (siehe Bild rechts) waren es bestenfalls 100 m.

Den Cache fanden wir auch schnell (ich weiß leider nicht mehr, wer ihn gefunden hat), dann ging es nach links über die Brücke der *Tiroler Achen* und direkt danach, noch vor dem dortigen Ort, wieder nach links auf unsere Rücktour.

Martin war nach der Pause ein ganz anderer Mensch, er redete mehr mit uns und war insgesamt viel zugänglicher als vorher. Ich habe das auf seinen Cache-Fund „Jäger" zurückgeführt. Aber ein paar Tage darauf habe ich von Helmut erfahren, dass er ihn sich ordentlich „vorgeknöpft" und ihm ein paar Takte erzählt habe, als ich bei unserer großen Pause auch einmal in die Büsche verschwinden musste. Was immer Helmut ihm auch erzählt hat, es hat Wunder gewirkt.

Es war vorher auch alles schon sehr schön verlaufen, nur die Art von Martin störte hier und da ein wenig, aber nun waren wir plötzlich die Einheit, die beim gemeinsamen Cachen so wichtig ist. Gegenseitiges Helfen, gegenseitige Rücksichtnahme und vor allem Teamarbeit, das alles war nun da. Und da der längste Teil der Rücktour nun auch direkt am Fluss entlang führte, war, was folgte, schlichtweg gesagt, ein einziger Traum.

Hier muss ich – leider, leider – die Erlebnisse der einzelnen Stationen doch beenden, denn es standen ja noch 8 weitere Caches auf unserem Programm, das würde den Rahmen hier sprengen. Allerdings gab es auf der Rücktour auch nicht mehr die Erlebnisse, wie auf dem Hinweg, alles verlief „normal".

Dennoch möchte ich noch kurz auf 3 Caches eingehen.

Der einzige Cache, bei dem wir richtig Probleme bekamen, war Cache Nummer 10 „Der Wegweiser". An dem dort stehenden Holzwegweiser befand sich der Cache ganz oben, wir kamen aber nicht an ihn ran. Martin, der sportlichste von uns, schaffte es irgendwann mit etlichen Verrenkungen und einer kleinen Kletterhilfe.

Am Cache 8 „Gipfelstürmer" musste man, wie der Name es ausdrückte, einen Hang hoch bis zum Gipfel eines größeren Hügels. Das Gipfelstürmen überließ ich vorsichtshalber den beiden „Jungspunden" und ruhte mich solange in der Sonne auf einer Bank unten am Wasser aus.

Ganz besonders in Erstaunen versetzte mich auf der Tour unser 7. Cache „Der Findling".

Dieser Findling, ein schwerer, weißer Stein (siehe links) lag in der Nähe eines Wiesenweges, in ihn war ein Jesus-Kreuz eingemeißelt.

Der Cache, eine kleine Filmdose, war doch tatsächlich hinter der Jesus-Figur, zwischen Rücken und Hintern, befestigt, was mich zur spontanen (und ja richtigen) Aussage bewog: „Der Cache ist am Arsch".

Ich war schon ziemlich erstaunt, dass man einen Cache an einer Jesus-Figur befestigt, denn wir waren ja nicht irgendwo, sondern im tiefgläubigen Bayern.

Wir waren die Runde ganz gemütlich gegangen und hatten immer wieder Pausen gemacht, daher brauchten wir gut 6 Stunden. Es wurde dann aber auch Zeit, dass wir fertig wurden, denn als wir so gegen 16.00 Uhr wieder am Auto eintrafen, war es doch schon merklich kühler geworden. Wir hatten vom Parkplatz aus nur ca. 30 Minuten zu fahren und so kamen wir sogar noch im Hellen und weit vor dem Abendessen, das am Wochenende erst um 18 Uhr beginnt, zurück.

Es waren 7 wunderbare Stunden, auf denen wir – trotz der anfänglichen Probleme – viel gelacht haben. Es passte einfach alles. Wir hatten den ganzen Tag traumhaftes, sonniges Wetter, die Wälder waren um diese Jahreszeit herrlich bunt und auf den umliegenden Bergen waren die Gipfel bereits weiß.

Und – auch nicht zu verachten – wir haben alle 14 Caches gefunden.

Es war ein „Traum-Tag", der mir bis heute, beim Schreiben der beiden Episoden, immer noch so genau vor Augen ist, dass ich alles noch erzählen konnte.

Für diejenigen, die sich die Tour gerne ansehen möchten, habe ich in Anhang 4 eine Skizze des Streckenverlaufs beigefügt.

Episode 3 - Auf Schatzsuche mit Finn

Eine lange Zeit waren mein 3 Jahre jüngerer Freund Kurt und ich durch die Wälder unserer Umgebung gezogen. Immer und immer wieder machten uns diese Spaziergänge Spaß. Aber nachdem uns mittlerweile fast jeder Baum duzte, musste endlich Abwechslung her.

Aber meint ihr, ich hätte irgendwann einmal an Geocaching und das tolle Erlebnis in Bayern (siehe Episoden 1 und 2) gedacht? Irgendwie war das alles wohl dort zurückgeblieben. Aber wie so oft im Leben, der Zufall half. Dieser Zufall wollte es, dass wir auf eine Geocaching-Geschichte im Rengsdorfer Land stießen, also direkt vor unserer Tür.

Sie handelte von Finn und seinen Zwergenfreunden Durak und Garil. Finn war auf dem „Zwergenweg 1" unterwegs, um dort einen Schatz seiner Ahnen zu suchen.

Im Text stand, dass man den Weg zwar einfach auch so abwandern könne, aber dass es interessanter sei, diesen Weg im Rahmen von Geocaching zu erwandern, denn dabei wären unterwegs einige Aufgaben zu lösen, sodass Kinder bei der Tour viel Spaß hätten und zum Schluss als Belohnung einen sog. Cache finden könnten.

Na, das klang ja wunderbar. Wir wussten zwar nicht, was Geocaching ist, aber Kinder – wenn auch große – waren wir beide ja sowieso. *„Unterwegs Aufgaben lösen"* klang nach Abwechslung und *„etwas finden"* animierte uns. Schnell war klar, das verbindet unser Wandern mit etwas, was wir ja alle als Kinder schon gerne gemacht haben, nämlich einen Schatz zu suchen.

Das war perfekt, keiner von uns beiden wusste zwar, wie es funktionierte, aber das konnte uns doch nicht schrecken. Schließlich waren wir beide ja Beamte und konnten mit Schwierigkeiten umgehen, das ist ja allgemein bekannt. Die unterwegs zu lösenden Aufgaben, bestehend aus vorgegebenen Koordinaten und Fragen, wurden ausgedruckt und mit Handy und Papieren bewaffnet, zogen wir an einem Sonntagnachmittag los.

Vor uns lag ein Rundweg von ca. 3 km ohne größere Steigungen, für uns beide ja so „fitte" Senioren war das gerade noch zu schaffen. Wir waren beide mächtig gespannt, was auf uns zukommen würde.

Schon nach kurzer Zeit führten uns die Koordinaten auf unserem Handy zur Station 1, lt. Beschreibung einem „Totholzhaufen". Hier lagerten verschiedenartige Baumstämme, von der davor angebrachten Tafel war die Anzahl der Buchstaben in der Überschrift zu ermitteln, dies ergab die Lösung A. Na, das war ja easy, so konnte es ruhig weitergehen, es fing an, Spaß zu machen.

Aber leider hielt das nicht lange an. Laut Listing war Station 2 ein Hindernisparcours, hier hieß es „Zähle alle senkrechten, bespringbaren Baumstammteile". Aber die gab es leider nicht (mehr), die gesamte Fläche war leergeräumt, man konnte sogar noch frische Abräumspuren sehen.

Prompt fragte Kurt hämisch, in welchem Jahrhundert ich denn den Zettel ausgedruckt hätte, aber ich konterte, er solle doch einfach mal in seinem Handy nachsehen, denn wozu hielt er es denn eigentlich in seiner Hand? Nur um es spazieren zu führen, dafür war es an dem Nachmittag nun einmal nicht gedacht. Und schon war Ruhe!

Leider konnten wir damit die Aufgabe 2 nicht lösen, aber was nun tun, aufgeben? Gleich beim ersten Mal? Auf gar keinen Fall, zwei gestandene Beamte waren doch schwierigere Aufgaben gewohnt.

Also ging es weiter, die Richtung war ja klar. Was wir dummerweise nicht wussten bzw. wohl übersehen hatten, war, dass die Strecke gerade deaktiviert war und überarbeitet wurde. Von so etwas hatten wir doch beim ersten Mal überhaupt noch keine Ahnung. Wir wunderten uns nur, dass wir einige Aufgaben überhaupt nicht fanden bzw. nicht lösen konnten.

(Auf die Aufzählung der weiteren Aufgaben muss leider verzichtet werden, es würde den Seitenumfang doch sprengen).

Aber, tapfer wie Beamte nun einmal sind, kämpften wir uns Aufgabe für Aufgabe weiter. Wir fanden nicht einmal die Hälfte der Lösungen, aber die Bilder, die der Strecke beigefügt waren, halfen uns ja immer ein wenig weiter.

Na ja, ehrlich gesagt half uns auch unsere verblüffende „einmalige" Beamten-Logik. Wenn man nach etwa 2 Kilometern an eine Weggabelung kommt und nicht weiß, wie es weitergeht (das mitgenommene Papier hilft nicht, das Handy auch nicht), dann hilft nur das eigene Spitzengehirn. Immerhin mussten wir uns zwischen einem Weg, der nach rechts immer weiter von dem Parkplatz, auf dem unser Auto stand, wegführte und einem Weg, der nach links exakt an diesem Parkplatz endete, entscheiden.

PUH, das war nicht so ganz einfach.

So ging es Schritt für Schritt langsam immer weiter in Richtung des zu findenden Caches, ein letztes Bild zeigte uns, wo man sich vom Weg aus in die Büsche schlagen musste, um den Cache zu finden.

Klar mit den Lösungen, die wir aber halt nicht hatten, wäre es ein Kinderspiel gewesen, aber so. Dennoch, wir konnten dieses letzte Bild gut finden und ich schlug mich genau dem Bild gegenüber rein in die Büsche. Ab durch Gestrüpp und teils Dornen, mit kurzen Hosen ein Riesenspaß.

Kurt hatte dazu keine Lust und meinte, er gehe lieber über den Weg, der etwa 20 m weiter nach rechts ging und würde von dort aus kommen (typisch, lässt einen mal wieder alleine kämpfen). Noch während ich mich mühsam Schritt für Schritt durch das Gestrüpp hangelte, dabei einige Hölzer hochhob, unter Steine schaute usw., kam ein freudiger Ruf „Hab' ihn".

Kann ja wohl nicht wahr sein, dachte ich bei mir, da mühe ich mich ab, Kurt geht den bequemen Weg und findet den Cache. Das ist doch nicht gerecht, oder? Tatsächlich, über den Weg kam man ganz bequem an den Cache, ohne viel Suchen und Bücken.

Aber in dem Moment war ja alles sowieso egal. Wir hatten die Hälfte der Aufgaben nicht gelöst, wussten manchmal nicht weiter, wussten nicht, wo wir suchen mussten, aber wir fanden ihn trotzdem,

unseren ersten gemeinsamen Cache.

Episode 4 - Geocaching ist ein doofes Spiel

Nach dem Erfolg am Premierentag sollte es heute, an einem Sonntag, gemeinsam mit Kurt weitergehen. Klar, dass sich dafür mein Wohnort Melsbach anbot. Mit bestem Nichtwissen und größtem Optimismus hatte ich eine Fußtour mit 7 zu findenden Caches und einer Zeit von ca. 90 Minuten in und um Melsbach herum geplant. Anschließend wollten wir uns in unserer neu eröffneten Gaststätte stärken und dort auch zu Abend essen. Da diese aber erst um 17 Uhr aufmachte, hatten Kurt und ich beschlossen, nicht vor 15 Uhr loszuziehen, damit wir nicht vor verschlossener Gaststättentür stehen würden.

Mit allem ausgestattet ging es voller Elan und Vorfreude auf die Strecke. Der erste Cache, ca. 200 m von meinem Haus entfernt, wurde bereits zum ersten „großen" Erfolg.

„Dieser Cache ist im Grunde einfach zu loggen" hieß es im Listing und so war es dann auch. Er war an einer der vielen in Melsbach stehenden Loren angebracht und da es sich auch noch um eine kleine Dose handelte, war es nicht schwer, den Cache zu entdecken und so wollten wir uns schnell ins Logbuch eintragen.

Es hieß im Listing, Schreibzeug wäre vor Ort, aber vermutlich konnte einer unserer Vorgänger das für bessere Zwecke benötigen, denn es gab keins. Aber schließlich hat man ja sein eigenes Schreibmaterial. „Kurt, gib mir bitte mal deinen Kuli". „Welchen Kuli, ich habe keinen mit, habe alles im Auto liegen. Nimm deinen". Meiner lag zwar nicht im Auto, aber dafür zu Hause im Kämmerlein. Ich hatte beim kurzfristigen Wechsel der Jacke vergessen, ihn mitzunehmen. Mein Pech, dass ich hier wohnte und nicht Kurt, so musste ich einige hundert Meter zurück, alles steil bergauf. Und das wegen eines dämlichen Schreibwerkzeuges, das fing ja gut an. Gott sei Dank waren wir noch ganz am Anfang und ich war noch fit. So wurde der Cache halt mit einiger Verspätung signiert.

Der zweite Cache war ein Rätsel Cache, den ich vorher Zuhause gelöst hatte. Sein Startpunkt lag in unserem kleinen Industriegebiet am Ortsende, zu Fuß waren es bis dorthin ca. 30 Minuten. Mit Auto wären wir natürlich schneller gewesen, aber wir wollten ja gute Geocacher sein und ganz bewusst wandern. Wir hatten beide noch keine Ahnung, wie alles funktionierte, aber dieses Nichtwissen teilten wir fair unter uns auf. Kurt wusste noch nicht, wie das mit den Koordinaten funktionierte, daher war das Vorbereiten usw. mein Part und er war für die Eingabe und Nutzung der Geocaching-App auf seinem Handy zuständig, da ich mich damit nicht auskannte. So ergab sich die Aufgabenteilung von selbst. Aber in einem so guten Team, wie wir es werden wollten, sollte das doch wohl kein Problem darstellen oder?

Den Start fanden wir schnell, nun ging es mit den ermittelten Koordinaten auf Cache-Suche.

Aber irgendetwas stimmte nicht, die Koordinaten zeigten mitten in eine Wiese, in der nichts, aber auch gar nichts, zu sehen war. Klar, wer war schuld an dem Fehler? Lt. Kurt konnte es ja nur der sein, der es ausgearbeitet hatte, also kam prompt sein liebevoller Hinweis an mich: „*Du musst auch richtig rechnen, sonst wird das nie etwa*s". Ich hingegen war mir natürlich absolut sicher, richtig gerechnet zu haben. Folglich kam meine lieb gemeinte Frage, ob er mal meine Brille haben möchte.

Nach diesen kleinen „Klarstellungen" gab es einen weiteren Versuch, alle Daten wurden nochmals abgeglichen und siehe da, es gab tatsächlich ein neues Ziel. Aber das machte uns dann doch sehr nachdenklich, denn lt. Karte wären wir in der Eifel gelandet. Da wir alles gemeinsam erarbeitet hatten, entfiel dieses Mal auch das „Du musst…", „Du hast…" usw. Von der Stelle, an der wir uns befanden, hatten wir zwar einen ganz tollen Blick bis in die Eifel hinein, aber wir entschieden uns dann doch, den Spaziergang in die Eifel auf später zu verschieben und lieber in der Heimat zu bleiben. Damit war unsere Suche nach dem Cache hier abrupt beendet.

Weiter ging es zum Cache Nummer 3, es waren bestenfalls 300 m bergab, bis wir an der sagenumwobenen „Ruine Kreuzkirch" in Melsbach standen. Dort machten wir das erste Mal Bekanntschaft mit einem sog. „Spoilerbild". Ein Spoilerbild ist ein Bild, das helfen soll, den Cache zu finden, meist zeigt es – so wie in dem Fall der Ruine Kreuzkirch – einen Baum. Da der überwiegende Teil der Caches im Wald versteckt ist, hilft so ein Bild, den richtigen „Baum unter Bäumen" zu finden.

So die Theorie. Da die Koordinaten dort leider sehr hin- und hersprangen, fanden wir weder den Baum, geschweige denn den Cache. Mindestens 6 Bäume suchten wir ab, fluchten wechselweise über die „blöden Dornen" oder „Sch… Brennnesseln" und gaben nach kurzer Zeit frustriert auf.

Weitere Einzelbeschreibungen erspare ich mir an dieser Stelle, aber als wir gerade an Cache Nummer 4 eintrafen, öffnete weit entfernt die Gaststätte, so viel zu unserer Planung, nicht zu früh dort einzutreffen.

Gefunden haben wir schließlich ganze 3 (!) der geplanten 7 Caches und aus den vorgesehenen 90 Minuten wurden über 3 (!) Stunden. Den 7. und letzten Cache haben wir überhaupt nicht mehr gesucht, wir hatten Angst, dass die Gaststätte evtl. sonst schon wieder geschlossen hätte, wenn wir dort eintreffen würden.

Der Rückweg von den etwas außerhalb des Ortes liegenden Caches wurde frustriert, schlapp und mit letzter Kraft zu Fuß bewältigt. Irgendwann überholte uns eine ca. 70-jährige Frau voller Schwung und Elan, schaute uns beim Vorbeigehen an und fragte mitleidig, ob es uns gut gehen würde.

Nach dieser Tour muss ich eingestehen, dass wir die ca. 3,6 Millionen Caches, die auf der ganzen Erde versteckt sind, wohl doch nicht schaffen werden. Aufgrund der heutigen Erfahrung werde ich außerdem bei nächster Gelegenheit einen Verbesserungsvorschlag einreichen, dass Caches sich irgendwie von sich aus zu erkennen geben, denn so geht es nicht weiter. Das artet ja in Arbeit aus.

Episode 5 - Und plötzlich ist alles ganz anders!

Wir zahlten, wie sicherlich viele Geocaching-Anfänger „Lehrgeld", unsere kleineren Touren waren noch zu oft geprägt von „Didn't find it" Log-Einträgen, also Einträgen für nicht gefundene Caches.

Fast jedes Mal schworen Kurt und ich Stein und Bein, das war das letzte Mal, das klappt ja sowieso nicht. 3 bis 4 Tage später aber klingelte wechselweise der eine beim anderen an und fragte, wann ziehen wir wieder los?

So ging es dann eines Sonntags in den Nachbarort nach Oberbieber. Ein Tag, der alles schlagartig ändern sollte.

Nach unseren „Erfolgen" der letzten Wochen hatte ich zwar nicht viel Hoffnung und sah schon die Schlagzeile in der Presse „Zwei Beamte beim Geocaching spurlos verschwunden". Aber die Hoffnung stirbt ja bekanntlich zuletzt. Aus der Erfahrung heraus waren meine Tourenvorschläge immer kürzer geworden und so enthielt diese Liste nur noch ganze 6 Caches.

Natürlich ging es los wie immer, warum sollte sich denn auch etwas ändern? Wir blieben unserem gewohnten Trott treu, kurz und gut, wir ließen den ersten Cache wieder einmal unberührt und störten ihn nicht in seinem Schlaf.

Dieser Cache lag über 500 m vom Ortsrand von Oberbieber entfernt am Waldrand in einem Tal. Je näher wir an den Cache herankamen, umso mehr änderte die Kompassnadel die Richtung, mal waren es 5 m in den Wald hinein, mal 3 m in Richtung einer Wiese, es war ein einziges Hin und Her. Wir haben sogar ganz neu angesetzt und sind den Cache von der anderen Seite angegangen, es nutzte nichts. Leider gab es auch keine Hilfe, sodass man auch keinen Anhalt hatte.

Mal suchten wir an einem Bach, dann an einem Zaunpfahl, logischerweise waren Baumstümpfe, Baumhöhlen usw. auch unser Ziel, halt alles das, was man so am Anfang kennt. Es war frustrierend, es half leider alles nichts, der Cache blieb verschwunden.

Daher kehrten wir wieder einmal ratlos um, „freuten" uns aber, dass wir an diesem Tag schon direkt beim ersten Cache wieder in unserem gewohnten „Cache-nicht-gefunden-Rhythmus" gelandet waren. Noch ein paar Wochen länger und wir würden wohl die ersten Cacher sein, die eine Urkunde direkt von den Caches bekommen würden: „Aus Dankbarkeit für ungestörten Schlaf".

Ausgesucht hatten wir uns – bis auf den ersten – Caches, die alle auf dem schönen Wingertsberg lagen. Nun, wer einmal auf dem Wingertsberg war, weiß, wie man dort fahren muss. Ich wusste es nicht, das letzte Mal, dass ich mit dem Auto dort oben war, war bestimmt 20 Jahre her. Von der Hauptstrecke führen sämtliche Straßen nur nach links, aber bis auf eine einzige sind es alles Sackgassen. Mir ist es schleierhaft, wie die dort oben fahren, denn die einzige Straße, die keine Sackgasse war, hatte es in sich. Sie war so schmal, dass wenn Gegenverkehr kam, man ausweichen musste und sich dabei durchaus schon einmal zum Teil in einer Hofeinfahrt befand. Und so kam es, wie es kommen musste, wir hatten uns derart verfranzt, dass wir nicht mehr weiterkamen und zwei in einem Hof stehende, vermutliche Anwohner fragen mussten, wie wir denn überhaupt weiterfahren konnten.

Ich war durch die Rangiererei schon leicht „angefressen" und wie ich dann sehe, mit welcher für mich arroganten Art sich der Ältere der beiden auf uns zubewegte, war ich schon „bedient". Und als er dann, bevor ich überhaupt etwas fragen konnte, uns fragte, was wir denn dort oben machen würden, konnte ich mir nur ganz knapp verkneifen, zu sagen „eine Bombe legen" und antwortete wahrheitsgemäß mit „Autofahren". Prompt hörte ich rechts von mir vom Beifahrersitz her ein leichtes Glucksen, gefolgt von einem schallenden Gelächter, was den Mann nicht gerade erfreute und er empört verschwand.

Nun, der andere war doch wesentlich einfühlsamer, aber auch er bekam natürlich Probleme mit unseren Antworten, war aber Gott sei Dank wesentlich geduldiger. Denn wie erklärt man Jemandem, wo man hin will, wenn man es ja selbst nicht weiß.

Das Ganze lief in etwa so ab:
- *„Was wollt ihr denn hier oben?". - „Etwas suchen".*
- *„Was denn suchen?" - „Das wissen wir nicht."*
- *„Und wo? Wo wollt ihr denn genau hin?" - „Das wissen wir nicht, dass müssen wir erst herausfinden."*

Ich glaube, jedem dürfte klar sein, dass mit unseren Antworten nicht viel Hilfe zu erwarten war. Erstaunlicherweise blieb der Mann gelassen und gab uns wenigstens ein paar brauchbare Tipps.

So landeten wir dann doch wieder auf einer geteerten Strecke, die wenigstens Ähnlichkeit mit einer Straße hatte. Links war ein Wendehammer erkennbar, also hieß es, ab nach rechts. Ich wollte gerade los, als ein „Warte mal" von Kurt kam. Ich schaute ihn ganz entgeistert an, als er sagte, hier muss ein Cache liegen, er murmelte etwas von „links" und 80 Metern. Also geparkt und ausgestiegen. Und tatsächlich, die Meter Angaben auf seinem Handy gingen von ca. 80 m immer weiter runter. Und so fanden wir bei etwa 3 m-Reststrecke einen merkwürdigen Stein vor einem Zaunpfahl. Ihn hochgehoben, umgedreht und siehe da, man konnte von unten eine Klappe öffnen und – oh Wunder –, wir hatten unseren ersten Cache für heute gefunden. Nach den vorangegangenen Abenteuern waren wir beide aber doch perplex über den unerwarteten Fund.

So verrückt der Fund zustande kam, es war unser „Knackpunkt". Von da an lief der Rest wie von selbst. So waren wir beide nach dem Fund des sechsten Caches selbst ein wenig fassungslos über das, was passiert war. Wir hatten doch tatsächlich 5 Caches nacheinander gefunden, eine für uns unfassbare Geschichte.

In den Tagen danach sprachen wir mal kurz darüber, ob wir nicht doch lieber mit dem Cachen aufhören sollten, denn besser konnte es ja kaum laufen und bekanntlich soll man ja auf dem Höhepunkt seiner Karriere aufhören. Aber irgendetwas war in der kurzen Zeit mit uns passiert, irgendetwas hatte uns schon „gefangen" genommen. Wir waren, ohne es damals auch nur ansatzweise zu ahnen, bereits mit dem Cachervirus infiziert.

Episode 6 - Lahmi machte mich „berühmt"

…oder machte er mich doch eher berüchtigt?

Entscheidet selbst, auf alle Fälle wurde ich bekannt durch einen Osterhasen namens Lahmi, bekannter als mir lieb war.

Es war ein schöner Tag in den Herbstferien und ich hatte netten weiblichen Besuch von Ulrike, einer früheren Jugendfreundin, die hier geboren und aufgewachsen ist, aber leider schon früh weit weggezogen ist. Ab und zu zieht es sie wieder in ihren Geburtsort und so treffen wir uns dann immer mal wieder, wobei wir manches Mal durch die Gegend tigern.

An diesem Tag war Monrepos unser Ziel, ein wunderschönes Fleckchen weit oberhalb der Stadt Neuwied gelegen, wo alles noch an die Zeit des Fürsten zu Wied erinnert, der dort oben vor Jahrhunderten ein wundervolles weißes Schloss mit vielen weiteren Gebäuden und Stallungen errichten ließ. Ein Ort der Geschichte schrieb, denn hier oben wurde Prinzessin Elisabeth zu Wied, die spätere rumänische Königin, geboren, in vielen Kreisen ist sie auch unter ihrem Dichter-Pseudonym Carmen Sylva bekannt.

Vieles hat sich dort im Laufe der Jahrzehnte geändert und so kannte meine Bekannte den dortigen Wunschbaum ebenso wenig wie das Eiszeitmuseum. Daher planten wir einen schönen Tag in den herrlichen Wäldern von Monrepos.

Dabei wollten wir unseren Spaziergang mit dem Suchen eines Caches verbinden, aber nur einem einzigen. Ulrike war in der Vergangenheit schon ab und zu mit mir zum Cachen unterwegs gewesen und es machte ihr immer wieder Spaß, daher war sie auch einverstanden.

Dieser Cache war eigentlich ein Kindercache, da ihm ein Kinderrätsel vorausging. „Lahmi, der faule Osterhase" hieß die ganze Geschichte, deren Lösung weit hinein in die Wälder von Monrepos führte. Vom Parkplatz aus waren es gut zweieinhalb Kilometer bis zum Versteck des Osterhasen, aber es war eine sehr schön zu wandernde Strecke.

Nach wie vor hatte ich nur mein Handy und noch immer kein GPS-Gerät und das sollte an diesem unvergessenen Tag eine entscheidende Rolle spielen. Nach etwas über 2 km zeigte mein Handy nach rechts in den Wald hinein. Klar, es war ja zu erwarten, dass der Cache nicht unmittelbar am Wegrand liegen würde, also verließen wir den gut ausgebauten Weg und folgten einem kleinen Trampelpfad. Solche Trampelpfade entstehen, wenn viele Cacher ein und dieselbe Strecke benutzen, in Cacherkreisen werden sie scherzhaft „Cacher-Autobahn" genannt.

Vieles sprach also für eine solche „Cacher-Autobahn", daher folgten wir dem Pfad immer tiefer in den Wald hinein. Wir kamen gut voran, mein Handy zeigte noch 10 m an, als wir überrascht stehen blieben und uns entgeistert anschauten. Da wo wir den Cache vermuteten, gab es nur noch eine kahle Fläche, das einzige, was sich dort noch befand, waren Baumstümpfe und abgesägte Äste. Frisches Sägemehl deutete darauf hin, dass das alles erst vor kurzem passiert sein muss.

Ulrike hatte sich als erste vom Schreck erholt und meinte lachend, von so einer Cacher-Version hätte ich ihr aber bisher nichts erzählt.

Wir haben zwar noch ziemlich ratlos die Umgebung abgesucht, in der Hoffnung, dass bei der Aktion der Cache vielleicht irgendwo hingelegt worden war, aber es blieb reines Wunschdenken, es nutzte alles nichts, der Cache war weg.

So machten wir uns etwas frustriert auf den Rückweg, es war trotzdem ein schöner Tag gewesen. Abends zu Hause machte ich dann den schon fast alltäglichen Log-Eintrag „Didn't find it", setzte aber, wie es die Geocaching-Regeln vorschreiben, noch ein sog. „Needs Maintenance" hinzu. Damit wird der Owner informiert, dass etwas mit seinem Cache nicht stimmt und gezwungen, zu handeln.

Welche Folgen sich aus meinem Eintrag ergeben sollten, konnte ich damals nicht ahnen, er hatte – wie ich eingangs schon erzählt habe – aber weitreichende Folgen und machte mich in Cacherkreisen „berühmt".

Wenn ihr wissen wollt, warum, schaut in Episode 7.

Episode 7 - Lahmi und die Folgen

Leute, Leute, wenn ihr in Kürze lest: Geocacher von frustriertem Owner erschossen, dann war die Rede von mir. Mann o Mann, warum suche ich mir immer solche Hobbys aus, ich werde doch wohl lieber mit Geocaching aufhören und nehme stattdessen an der Halma-WM teil. Dazu muss ich nicht so herumirren und es ist bei Weitem nicht so anstrengend.

Aber zurück zur Episode 6, denn jetzt kamen die Folgen.

2 Tage nach meinem „Needs-Maintenance"-Logeintrag erhielt ich eine Antwort des Owners. Er hatte sich direkt auf den Weg gemacht, um nach dem Rechten zu sehen. Was ich nicht wusste, war, dass er dafür hin und zurück gut und gerne ca. 80 km fahren musste, denn er wohnte auf der anderen Rheinseite in der Nähe von Koblenz.

Seine Antwort war für mich schockierend und verwirrend zugleich. Baum und Cache wären wohlbehalten und unversehrt, alles wäre bestens! *(Nun, da ich nicht denke, dass man einen Baum binnen eines Tages wieder kleben kann, blieben nicht allzu viele Alternativen, d. h. ich musste mich leicht, aber nur ganz leicht, geirrt bzw. im Wald verirrt haben, es gibt ja immerhin mehr als nur einen Baum im Wald.)*

Sein Logeintrag, mit dem er auf meine „Sperre" reagierte, war sehr nett und sehr fair geschrieben, es gab nur einen ganz kleinen „Seitenhieb" mit den Worten, ich müsse doch noch etwas üben.

Klar, dass die Reaktionen meiner lieben Mitcacher und Bekannten natürlich nicht lange auf sich warten ließen und ich bekam viele „liebevolle" Kommentare zu hören, das kann man sich ja sicherlich gut vorstellen.

Es vergingen ein paar Tage, dann erhielt ich völlig überraschend eine weitere Mail von dem doch so in Mitleidenschaft gezogenen Owner. Aber es kamen keine Beschwerden oder ähnliches, ich war erstaunt, was ich dort zu lesen bekam. Er bot mir doch tatsächlich an, mir sein gebrauchtes GPS-Drittgerät für etwa ein Jahr zu leihen, damit ich üben könne.

Er mailte, dass die ganze Sucherei mit einem Handy nichts bringen würde, sie wäre viel zu ungenau. Sollte ich Geocaching weiterhin richtig betreiben wollen, so müsse ich mir unbedingt ein GPS-Gerät zulegen.

Ich war mehr als verblüfft über ein Angebot von jemandem, den ich doch überhaupt nicht kannte. *(Vermutlich hatte er aber nur Angst, ich würde ihn nochmals irgendwann wegen einem gefällten Baum, einer abgerissenen Mauer oder einer gesprengten Brücke los scheuchen).*

Natürlich sagte ich zu und ein paar Tage später fuhr ich zu ihm und seiner Frau, wir redeten eine gute Stunde über so Vieles und ich hörte immer wieder staunend ihren zahlreichen Geocaching-Geschichten zu.

Ich bekam viele gute Ratschläge mit auf den Weg und so zog ich, bewaffnet mit einem mir vollkommen unbekannten GPS-Gerät wieder nach Hause. Es dauerte eine Weile, bis ich einigermaßen mit dem Gerät zu Recht kam, aber ich habe ihm schnell recht gegeben, es war eine ganze andere, viel präzisere Art der Sucherei.

Nachdem ich sein Gerät gut 10 Monate genutzt hatte, habe ich mir ein eigenes angeschafft und ihm seines – versehen mit einem kleinen Dankeschön – zurückgeschickt.

Das alles wurde natürlich bekannt und oft wurde darüber geredet und gelacht. Ich habe dann immer wieder scherzhaft gesagt, das hat er ja nur aus Eigennutz getan, denn er hat bestimmt befürchtet, ich würde irgendwann wieder einmal ein solch falsches „Needs Maintenance" setzen und er müsse wieder einen weiten Weg auf sich nehmen. Und das wollte er vermeiden, indem er mit ein gutes GPS-Gerät zur Verfügung stellte.

Episode 8 - Earthcache Day

Hurra, es war weltweiter Earthcache-Tag! Und wenn schon Paco aus Mexiko, Sir Finlay aus dem „Good-old Scotland" und sogar Yulin aus der chinesischen Provinz Schansi an dem Tag einen Earthcache besuchen, dann muss ich doch auch dabei sein.

„Earthcache-Day" ist einmal im Jahr, an diesem Tag und nur an diesem Tag erhält man für einen geloggten Earthcache ein ganz besonderes Symbol von Geocaching.

Was aber ist denn so „Besonders" an diesem Cache? Ein Earthcache bildet eine eigenständige Geocache-Art, bei der jedoch kein Cache zu suchen ist. Vielmehr sind hier geologisch interessante Orte aufzusuchen, an denen man etwas über die Entstehung, den Aufbau und die Formen der Erdkruste und ihrer unterschiedlichen Gesteinsarten erfahren kann. Zum Loggen eines solchen Earthcaches muss man verschiedene Fragen zum vorgestellten geologischen Thema beantworten und sie dem Owner zuschicken.

Hätte ich das alles damals gewusst, wäre mir vieles erspart geblieben, aber dazu gleich mehr.

Eine der bekanntesten Earthcaches in Deutschland ist die Partnachklamm bei Garmisch-Partenkirchen. Aber auch in meiner Nähe gibt es einige, so z. B. das Roßbacher Häubchen, den Geysir von Namedy und vor allem die vor meiner Haustür in Neuwied-Niederbieber liegende Erdzeituhr.

Exakt eine Woche vor diesem Tag hatte ich eine kleine Runde im Nachbarort, in dem auch dieser Earthcache lag, geplant und logischerweise diesen Earthcache mit aufgenommen. Ich wollte schon mal vorher dort hin, um sicherzugehen, dass ich den Cache auch finde, denn zu dem Zeitpunkt war ich gerade erst 3 Monate aktiv und hatte erst zwei Souvenirs.

An dem Tag war ich alleine unterwegs, am Earthcache-Day wäre zwar Kurt dabei gewesen, aber wer weiß, sicher ist sicher, dachte ich mir und so bin ich direkt von Zuhause aus zu der etwa 3 km entfernt liegenden Erdzeituhr.

Diese Erdzeituhr stellt die Entwicklungsgeschichte der Erde anhand eines 24-Stunden Ziffernblattes dar.

Leider wusste ich zu dem Zeitpunkt noch nichts von der Besonderheit, dass hier kein Cache zu suchen war. Was mich zwar wunderte war, dass hier Fragen gestellt waren, aber ich dachte mir, dass dies mit der Cache-Suche zusammenhängen würde.

Also fing ich erst einmal an, die Fragen zu lösen. Dann aber ging es ans Suchen des Caches. Kaum hatte ich mit Suchen begonnen, kamen 2 ältere Damen, gut und gerne weit über 70, eine davon gehbehindert, mit Hund.

Sie wollten von der Erdzeituhr und der Umgebung Bilder machen und – da ich ja gut erzogen bin (!) – fragte ich, ob ich sie stören würde und weggehen solle. Nein, nein, meinten sie, ich solle ruhig auch meine Bilder fertig machen (ich hatte das GPS-Gerät in der Hand, von dem sie wohl meinten, ich könne damit auch Bilder machen).

Dabei kamen wir natürlich ins Gespräch und ich habe ihnen erklärt, was ich mache. Sie waren beide sofort Feuer und Flamme, ich musste ihnen alles haargenau erklären und demonstrieren, wie das Suchen mit dem GPS-Gerät funktioniert. Sie hatten jetzt „Lunte gerochen" und gingen mit mir auf Cache-Jagd. Vieles wurde abgesucht, Steine wurden angefasst und falls möglich, umgedreht, immer dazwischen die Schnauze des Hundes, dem das sichtlich viel Spaß machte. Mindestens 20 Minuten suchten wir, ich glaube, beiden hat das mehr Spaß gemacht als mir und sie waren schon ein wenig enttäuscht, dass wir nichts gefunden haben.

So gab ich dann irgendwann enttäuscht auf, ließ die beiden mit einem dicken Dankeschön für ihre Hilfe zurück und setzte meine Route fort. Erst abends las ich dann im Internet, was man in so einem Fall machen muss.

Tja, so lernt man dazu. Hätte ich das alles, so wie es eigentlich sein sollte, vorher gelesen, so hätte ich mir einiges an Arbeit erspart.

Episode 9 - Erste Hilfe

Die Überschrift „Erste Hilfe" habe ich ganz bewusst gewählt, denn das war der Name des zu suchenden Geocaches. Aber zum anderen erhielten wir bei der Suche nach dem Cache auch eine solche „Erste Hilfe", ohne die wir ihn sicherlich nicht gefunden hätten. Aber lest selbst.

Kurt und ich hatten uns für diesen Tag nur Caches im Innenstadtbezirk von Neuwied ausgesucht, denn es sollte eine ruhige und nicht anstrengende Route werden.

Aber es war ein sehr sonniger Tag und damit hatten wir direkt mal mit 2 Problemen zu kämpfen, „ruhig" fiel schon mal direkt weg, weil halb Neuwied an dem Tag auf den Beinen war und mit dem „Nicht anstrengend" war es häufig auch nichts, denn wir hatten mehr Probleme, einen Parkplatz zu finden, als die Caches selbst.

Nach fast 5 Stunden und immerhin 10 Funden hat es uns dann gereicht, wir waren groggy. Ein einziger Cache war übrig geblieben, aber der lag "verführerisch" ausgerechnet auf dem Heimweg.

Und schon gab es Diskussionen: *„Den nehmen wir aber nicht mehr mit. - Ich bin aber groggy. - Aber den einen schaffen wir noch. - Ich bin hundemüde. - Na gut, fahren wir nach Hause. - Aber interessant wäre es schon noch, schau mal, wie der bewertet ist."* Und so ging es während der anfänglichen Heimfahrt hin und her. Mit dem Endergebnis, dass wir doch auf dem im Listing des Caches angegebenen Parkplatz landeten.

Es handelte sich bei dem Cache um einen sog. „Multi", also eine Suche, die aus mehreren Teilen bestand.

Der Multi war einfach gehalten, man musste vom Parkplatz aus zwei Schilder suchen und an diesen Fragen beantworten.

Um alles zu beschleunigen, teilten wir uns die Suche auf, jeder suchte in verschiedenen Ecken des Parkplatzes, denn es war aufgrund des Listing-Textes klar, dass beide Schilder irgendwo auf dem Parkgelände stehen mussten. Ich hatte Glück und fand „mein" Schild schnell und somit ging's direkt zurück an unseren geplanten Treffpunkt am Auto. Aber von Kurt fehlte jede Spur.

Da es zwischenzeitlich stockdunkel geworden war, hieß es nun nicht nur das 2. Schild suchen, sondern auch noch Kurt. Laut rufen konnte ich nicht, da gegenüber von dem Parkplatz Häuser standen und wir wollten ja nicht unbedingt auffallen.

Gott sei Dank sah ich aber schnell einen kleinen Lichtkegel von Kurts Taschenlampe und so fand ich auch einen etwas verwirrten Kurt, der komischerweise den Boden absuchte. „Was suchst du denn auf dem Boden?", fragte ich ihn, „Schilder stehen normalerweise und liegen nicht irgendwo rum." „Haha", meinte er, „dann schau mal, hier steht nirgendwo ein Schild." Und tatsächlich, ich musste Abbitte leisten, da war weit und breit kein Schild.

Was nun? Aufgeben, ich hatte ja die 3 Zahlen der Nordkoordinaten und es fehlten „nur" noch die 3 der Ostkoordinaten? Nein, nicht wir, jetzt war unser Jagdinstinkt erwacht und mit unserer so riesengroßen Beamtenlogik versuchten wir, die richtigen Koordinaten durch Erraten herauszubekommen. Aber es klappte nicht, wir landeten immer viel zu weit weg. Und so wurde unser Schimpfen und Fluchen immer deftiger.

Plötzlich hörten wir eine Frauenstimme aus dem Dunkeln „Suchen Sie etwas?", dann tauchte auch schon eine Frauengestalt auf und sah uns neugierig an. Wir wollten ja nichts verraten, also erzählten wir etwas von „Treffpunkt" und „Pause machen".

„So so", meinte sie nur kurz – sie hatte doch garantiert mitbekommen, über was wir uns laut fluchend „unterhalten" hatten – und lachend ergänzte sie: „Schade, denn wenn ihr Geocacher gewesen wärt, hätte ich euch weiterhelfen können."

Peng! Das saß. Nun blieb nichts anderes, als schnell und kleinlaut Farbe zu bekennen, denn Hilfe, ja, die konnten wir in dem Moment wirklich gebrauchen.

Irgendwie haben wir dann aber doch etwas zusammen gestottert, erzählten von unserem Problem und wollten nun natürlich wissen, was sie mit Cachen zu tun hatte und wie sie helfen könne.

Sie erzählte uns, dass sie genau gegenüber der Parkplatzeinfahrt wohnen würde und nachdem sie anfangs immer gedacht habe, was denn dort so viele Leute ständig suchen würden, sei sie mit einigen ins Gespräch gekommen und da sie nun wusste, was los war, war sie einerseits beruhigt, andererseits aber konnte sie seitdem immer wieder Cachern helfen, die – so wie wir – nicht weiterkamen.

Nach einigem Hin und Her erfuhren wir, dass der Cache bestenfalls 200 m entfernt liegen würde und dass sie bereit war, mit uns dorthin zugehen. Das konnten wir natürlich nicht ablehnen, wir gaben ihr eine unserer beiden Taschenlampen und sie marschierte vorneweg, wir hinterher.

Auch wenn der so schöne Cache mittlerweile leider archiviert wurde, will ich an dieser Stelle nicht zu viel verraten, nur, dass sie uns ein schönes Cache-Versteck zeigte, dass wir ohne ihre Hilfe wohl nicht gefunden hätten.

Sie wartete sogar, bis wir uns eingetragen hatten und so gingen wir gemeinsam zurück ans Auto, wobei ich noch scherzhaft sagte, sie solle ihr Helfen doch vermarkten und für 5 oder 10 Euro anbieten. Sie lachte, „ein bisschen was" hätte sie dann bestimmt schon zusammen bekommen, meinte sie.

Klar, dass wir noch ein wenig quatschten, uns tausendfach bedankten und dann müde, aber zufrieden und mit viel Verspätung endlich doch nach Hause fuhren.

Der liebevoll gestaltete Cache in Form einer Erste-Hilfe-Box

Episode 10 - Klein, aber oho!

Wenn ich alleine auf Tour bin, kommt es logischerweise häufiger vor, dass ich Caches nicht finde, als wenn ich mit einer Gruppe unterwegs bin. Meist ist es so, dass ich diese Caches aber nochmals suche, wenn ich sowieso in der Nähe bin.

Es liegt nun einmal in der Natur des Menschen, etwas zu Ende zu bringen, in dem Fall also nicht direkt aufzugeben und den Cache doch noch zu finden, zumal andere ihn ja auch gefunden haben. Natürlich gibt es völlig unterschiedliche Vorgehensweisen, es gibt Cacher, die belassen es dabei, aber auch welche, die solange suchen, bis sie ihn endlich gefunden haben, der Ehrgeiz ist halt total unterschiedlich.

Bei mir ist es so, dass ich ihn zweimal aufsuche, danach wandert er auf eine sog. „Resteliste". Wird die mir dann irgendwann zu voll, dann schreie ich um Hilfe, dann müssen andere Cacher dran glauben und mit mir auf Tour gehen, um sie zu finden.

Ich achte dabei aber immer darauf, dass diejenigen den Cache nicht bereits gefunden haben, denn sie sollen ja mit ihrer Hilfe auch profitieren. Hier und da überschneidet es sich zwar schon mal, aber meist klappt das ganz gut.

Je nach Problematik, Jahreszeit (im Winter kann man ja nicht so lange Cachen) und Gegend variiert die Zahl der zu suchenden Caches, aber sie liegen immer mindestens bei 12, meist so um die 15 herum. Bewusst so viele, denn selbst in einer Gruppe findet man ja nicht alle.

Zum Zeitpunkt dieser Geschichte hatte ich immer wieder mal Hilfe von den „Oho`s". Das waren Martina und Michael und ihre zwei „Gören" Emma (damals 10) und Frieda (damals 6). Das klappte immer hervorragend, wobei Emma und ihr Vater ständig im Wettstreit lagen, aber sie fanden auch wirklich fast immer alles.

An diesem Tag im Winter war Ehlscheid und Umgebung angesagt. Gott sei Dank lag kein Schnee, aber es war ziemlich kalt, sodass man sich nicht lange aufhalten konnte.

Es war ein Tag, an dem mir Martina, Emma und Michael nicht den Hauch einer Chance ließen, einen Cache zu finden. So, als sei es abgesprochen, irgendeiner fand immer den jeweiligen Cache als Erster. Nur die Kleinste, Frieda, ließ mich nicht im Stich, aber es war ja klar, dass sie nicht so schnell überall mit ihren 6 Jahren hinkam. Dennoch, sie machte alles mit und hatte ihren Spaß dabei.

Irgendwann ging s dann zu einem Cache in den Wald hinter Ehlscheid in die Nähe eines bekannten Kreuzes. Vor Wochen hatte ich dort schon gesucht und gesucht, aber nichts gefunden.

Um den anderen die Sucherei zu erleichtern, habe ich erzählt, wo ich überall bereits gesucht hatte und war noch mitten im Erklären und Zeigen, als wir jemanden rufen hörten: „Ist er das?" Wir waren so vertieft in unsere Diskussionen gewesen, dass wir nicht gemerkt hatten, dass Frieda schon angefangen hatte, zu suchen. Sie dachte bestimmt, lass die ruhig mal reden, ich suche schon mal da, wo ich es für richtig halte.

Wir anderen schauten erst uns und dann Frieda ungläubig an. Da stand sie freudestrahlend, sie hielt in der einen Hand den Cachebehälter und in der anderen das Logbuch, wir mussten alle lachen. So hatte nun auch Frieda ihren Cache gefunden.

Und, was das Schöne war, es war ihr erster, ganz alleine gefundener Cache. Schaut euch nur das Bild unten an, das spricht doch Bände. Frieda strahlte über alle Backen, es war ein wunderschönes Erlebnis zu sehen, wie viel Spaß sie hatte.

Und so war ich der einzige, der an diesem Tag „leer" ausging. 11 Caches durfte ich abends loggen, gefunden davon hatte ich keinen einzigen.

Die 6-jährige Frieda und ihr erster Cache

Episode 11 - Der anhängliche Nano

Oje, das ist eine für mich bluthochdruckgefährdende Erzählung, denn, wenn ich weiß, dass ich einen Nano suchen muss, dann geht mein Blutdruck schon direkt mal hoch.

Warum? Für mich ist ein Nano ein rotes Tuch und eine Cacheart, die ich für absolut überflüssig halte. Es gibt etliche Cacher, die suchen solche Winzlinge erst überhaupt nicht.

Gut, es gibt schon ein paar Plätze, z. B. „einsame" Schilder, wo ich einen Nano durchaus gelten lasse, aber wenn ich als Hint lesen muss: „magnetisch, Zaun", dann ahne ich schon, was kommt: Ein mindestens 10 m langer Maschendrahtzaun mit hunderten von Öffnungen, Lamellen und Streben.

Und wenn man weiß, dass die preiswerteren Suchgeräte eine Streuung von einigen Metern haben, so macht es wahnsinnig viel Spaß, so einen Winzling auf einer Strecke von ca. 10 Metern an einem Zaun zu suchen.

Nun aber stand mir wieder eine solche Suche bevor, zu suchen war ein Nano an einem Wasserturm. Der Hinweis im Listing ließ mich schon nicht Gutes ahnen: „Magnetisch, in mir läuft das Wasser ab" hieß es dort. (Auf der nächsten Seite seht ihr ein Bild dieses Wasserturms und den zu findenden Nano im Vordergrund auf dem Dach meines Autos).

Ich muss sagen, es war ein selten schönes Prachtexemplar eines Wasserturms, nur hatte er für mich als Cacher den Fehler, es gab zu viele Ablaufmöglichkeiten für das Wasser. Also hieß es mal wieder: Suchen.

Die Koordinaten führten mich schnurstracks zu einer ca. 2x2 m, in der Erde liegenden Abdeckplatte aus Blech. Na klar, dachte ich, hier läuft ja das Wasser unterirdisch in Rohren weiter. Siegessicher hob ich die kleine Platte an und tatsächlich, es war wie im Listing beschrieben „In mir läuft das Wasser ab", denn unter der Platte lagen 2 Wasserrohre. Alles passte wunderbar! Allerdings gab es dort keinen Cache, so sehr ich auch suchte. Ach Mensch, jetzt war ich doch etwas verärgert, denn alles hatte so schön gepasst und ich war mir schon (zu) sicher gewesen.

Also hieß es weiter suchen, etwa 1 m neben diesem Schacht verlief ein Regenrohr direkt an einer Gebäudeecke und weiter in diesen Schacht. Na gut, Koordinaten springen ja immer mal wieder, also das ganze Regenrohr von oben (soweit ich hochkam) bis auf den Boden abgesucht, nichts.

Nun war ich doch erst einmal ernüchtert, ansonsten bot sich aber nichts anderes an. Ich hatte mich doch zu schnell dorthin gestürzt und vor lauter „Cacherblindheit" hatte ich nicht bemerkt, dass ich ja nicht am Wasserwerk selbst, sondern an einem Nebengebäude gelandet war. Vielleicht hatte ich ja einen Fehler gemacht, es hatte halt alles so gut gepasst.

Also neu angesetzt, etwas genauer und vorsichtiger beim Hantieren mit dem GPS-Gerät und siehe da, ich landete etwa 5 m vor dem ersten Suchpunkt, fast genau neben dem Wasserwerk.

Erneut landete ich auf einem Schacht, den man aber zunächst nicht sehen konnte, weil ihn eine Hecke verdeckte. Also von der anderen Seite ran und versucht, ihn aufzumachen. Aber die Abdeckung war viel größer und entsprechend schwerer, zu schwer für mich. Nach 3 Versuchen gab ich entnervt auf, am liebsten wäre ich jetzt umgekehrt, aber dieser Cache war der einzige, der gut und gerne 3 km von meinem sonstigen Suchgebiet entfernt lag. Also hieß es jetzt, sich durchbeißen.

Zum dritten Mal neu angesetzt und wieder ergaben die Koordinaten ein anderes Ziel. Das hatte so nun keinen Sinn mehr, also schritt ich zur Selbsthilfe und schaute mich erst einmal um, denn nun hieß es nur noch „Wo ist etwas, woran ein magnetischer Cache befestigt sein könnte?".

Nun erst bemerkte ich die Regenrohre an der Rückwand des Wasserwerks, 4 Stück, die alle ganz eng am Gebäude befestigt waren und jede Menge an Versteckmöglichkeiten boten. Direkt beim ersten bekam ich Probleme, es lag so eng am Gebäude, das ich weder dahinter blicken konnte, noch mit den Händen dahinter kam. Nun war ich restlos bedient, ich war sauer, wer versteckt so einen Sch... denn so blöd, dass man so suchen muss? Da war überall Platz für einen größeren Behälter, aber nein, es musste ausgerechnet so ein Winzling sein.

Schluss aus, ich bin wütend und frustriert zu meinem ca. 150 m entfernt stehenden Auto und wollte nur noch weg. Ich habe mich dann erst mal ins Auto gesetzt, etwas getrunken und einfach nur versucht, mich zu erholen.

Mit jeder Minute, die verging, kam aber die bereits erwähnte „Cacherkrankheit" wieder zum Vorschein: „Du kannst nicht aufgeben, nein, andere haben ihn ja auch gefunden, du musst, du musst, du musst…".

Nachdem das also geklärt war, kramte ich meinen kleinen ausfahrbaren, magnetischen Spiegel und eine Taschenlampe aus den Utensilien hervor und so ging es, unlustig und sauer, zurück an die 4 Rohre. Dank des Spiegels konnte ich jetzt auch dahinter blicken, aber jedes abgesuchte Rohr war eine „Niete". Jetzt war mir alles egal, ich konnte vor lauter Frust und Müdigkeit wohl schon nicht mehr klar denken und so umrundete ich das ganze Gebäude in der Hoffnung, dass mit „in mir fließt Wasser ab" das Gebäude selbst gemeint war, denn innen drin lagen – wie bei einem Wasserwerk nun mal üblich – div. Wasserleitungen.

Gott sei Dank war weit und breit keine Menschenseele zu sehen, denn ich habe nun alles, an dem ein Magnet halten könnte, abgesucht, Türen, Fenster, irgendwelche Befestigungen, Fußabtreter, einfach alles, was mir in die Finger kam.

Mittlerweile war ich so verzweifelt, dass ich einfach alles abgesucht habe, einfach nur in der Hoffnung, vielleicht ist er ja doch gerade dort. Also habe ich das ganze Gebäude regelrecht umrundet. Und???

N i c h t s !!!

Ich war sauer auf diesen Owner, ich war sauer auf diesen blöden Nano, ich war sauer auf mich, dass ich so lange umsonst dort gesucht habe, denn es war mittlerweile seit meiner Ankunft fast eine Stunde vergangen.

Hinzu kam, dass ich nach so einer langen Suche doch ziemlich müde geworden war, kurz und gut, jetzt war endgültig Schluss, alles war umsonst gewesen. Fluchend habe ich mich zum Auto geschleppt, Kofferraum auf, GPS-Gerät rein, Suchutensilien rein, den kleinen Spiegel zusammengeschoben, um ihn wieder zu verstauen.

??? - N E E E E E E I N !!!

Ich dachte, ich würde wahnsinnig, ich war „reif für die Insel". Das konnte doch nur ein schlimmer Traum sein.

Denn da war der Nano. Er saß friedlich auf dem Gestänge des kleinen Spiegels.

Ich war fix und fertig, ich konnte noch nicht einmal mehr fluchen.

Da er magnetisch war, muss ich ihn irgendwo beim Suchen erwischt haben und so hing er nun an dem magnetischen Gestänge von dem kleinen Spiegel. Da konnte ich natürlich lange alles absuchen, dabei hing er mir ständig vor der Nase.

Am liebsten hätte ich ihn im hohen Bogen weggeworfen, aber dann wäre ja alles umsonst gewesen. Also habe ich ihn geloggt und bin dann wieder die gut und gerne „weiten" 150 m zum Wasserwerk hin. Wo aber sollte ich ihn anbringen, ich wusste ja nicht, wo ich ihn erwischt hatte? Also befestigte ich ihn dort, wo ich es aufgrund der Koordinaten vermutete.

Argwöhnisch beobachtete ich die nächsten Tage die Logeinträge dieses Caches, es dauerte aber über einen Monat bis zum nächsten Logeintrag. Der ließ mich dann aber nochmals an mir zweifeln, er lautete: „Am Sonntag mit Freunden **schnell** gefunden".

Episode 12 - Die quirlige Turnerin

In der mal wieder zu langen herbstlichen Regenzeit hatte ich mir einige Touren für schönere Tage zusammengestellt. Eine davon sollte mich auf das herrliche Plateau der Koblenzer Festung Ehrenbreitstein führen. War ich früher sehr häufig dort oben, so war ich erst einmal dort gewesen, seit das ganze Gelände für die BUGA Koblenz umgebaut wurde. Man muss der Stadt Koblenz ein Riesenkompliment machen, die Neugestaltung ist absolut sehenswert.

Natürlich war diese Neugestaltung ein gefundenes Fressen für einige Koblenzer Geocacher, die sich zusammengeschlossen hatten und das komplette, weitläufige Terrain vor und in der Festung mit etlichen Caches ausgestattet hatten.

Ich hatte mir eine Tour zusammengestellt, die ausnahmslos Caches auf dem Plateau betrafen. An einem wunderschönen sonnigen Tag ging ich dann dort oben „auf die Jagd" nach insgesamt 11 Caches.

Ich war gut und gerne schon 2 Stunden unterwegs gewesen und hatte bereits einige sehr schön gestaltete Caches gefunden. Nun aber stand ich etwas ratlos vor einem Cache namens „Projekt-Eck-Festungspark", im Listing stand als Hinweis lediglich „Laterne 2 m".

Was das bedeutete, merkte ich aber erst, als ich davor stand. Der Cache war gut zu sehen. Ja, zu „sehen", aber nicht zu erreichen, denn die Angabe „2 m" bezog sich leider nicht auf die Laterne, sondern auf die Höhe des angebrachten Caches und damit war er für mich mit meinen 1,73 m unerreichbar.

Es gibt durchaus Caches, die ich in dieser Höhe noch erreichen kann, wenn auch teilweise mit Hilfsmitteln, aber die hatte ich dummerweise im Auto zurückgelassen. Vor allem fehlte mir mein „Spezial-Werkzeug". Als ich davon das erste Mal erzählte bzw. es zeigte, gab es ein großes Gelächter in Cacherkreisen, aber mittlerweile konnten sich doch viele – wenn auch erstaunt – von der hervorragenden Wirksamkeit des Werkzeugs überzeugen, denn es funktioniert prächtig. Ich habe ganz einfach eine alte Grillzange etwas umfunktioniert, sie hilft mir viel besser, als so manches Utensil aus den Geocaching-Shops.

Ich habe einiges probiert, aber es blieb dabei, ich kam einfach nicht an den Cache, vor allem, weil ich nicht erkennen konnte, wie man ihn bergen konnte. Plötzlich wurde mein Suchen von einer Frauenstimme unterbrochen, ich hatte die Frau nicht kommen sehen. Eine ca. 1,65 m „große", zierliche Frau von etwa Mitte 70, schick gekleidet und natürlich mit passendem Hütchen, stand vor mir und wunderte sich doch sehr über meine Verrenkungen.

Sie war sehr herzlich und so erzählte ich ihr, was ich dort machen würde. Und dass ich dort oben ran müsste, aber nicht hinkam, wobei ich ihr auch den Cachebehälter zeigte. Sie schaute sich das Ganze kurz an, lachte und meinte, sie wäre in ihrer Jugend eine sehr gute Turnerin gewesen und sie sei auch jetzt noch fit.

Wenn ich eine Räuberleiter machen würde, wäre es für sie überhaupt kein Problem, den Behälter dort oben herunterzuholen.

Sorry, aber irgendwie stand ich in dem Moment wohl ziemlich dämlich da, sodass sie lauthals lachte. Ich habe mich dann bei ihr sehr bedankt, aber auch erklärt, dass ich das leider wohl nicht schaffen würde, wobei ich aber, offen gesagt, mehr Angst hatte, dass ihr etwas hätte passieren können.

Während wir uns noch nett unterhielten und manches Mal lachten, kam die Lösung meines Problems in Form eines jungen Pärchens, er mit dem passenden Gardemaß von ca. 2 m. Ich habe ihn angesprochen, ob er kurz Zeit hätte und ihm gezeigt, was er machen solle. Während er noch etwas unglaubwürdig schaute, fragte mich seine Begleiterin spontan „Geocaching?" Als ich bejahte, kam ein tiefer Seufzer, „O weh, meine Freundin macht das auch und die nervt mich ständig damit".

Aber dadurch wusste ihr Partner Bescheid, er musste sich nicht einmal großartig anstrengen. Ein Griff und ich konnte loggen. Ein zweiter Griff und alles war wieder im Urzustand.

Die ältere Dame war die ganze Zeit dabei geblieben und sah sich die ganze Aktion in Seelenruhe mit an. Als alles unter Dach und Fach war, meinte sie, das war aber doch einfach und zog fröhlich weiter.

Episode 13 - Geoaching meets Klassik

Nachdem meine „Cacher-Karriere" mit meinem ersten Fund auf dem „Zwergenweg 1" begonnen hatte (siehe Episode 3), war es nach vielen Monaten Zeit für den längeren und schwierigeren „Zwergenweg 2" mit seinen doch ziemlichen Höhenmeterunterschieden.

Nachdem die ersten Stationen mit ihren Aufgaben noch ebenerdig zu bewältigen gewesen waren, ging es dann auf einem schmalen, aber sehr schönen Pfad, ziemlich steil bergab. Etwa in der Mitte des Pfades angekommen, bemerkte ich eine Frau, die mir entgegenkam und die Etwas auf ihrem Rücken trug.

Als sie näher kam, erkannte ich, dass das „Etwas" ein Geigenkasten war, was mich doch sehr verblüffte. Denn warum schleppt eine Frau einen Geigenkasten diesen für sie so steilen Pfad hoch? Klar, dass ich wissen musste, was sich dahinter verbirgt, also habe ich nett gefragt.

Die Frau lachte und erzählte, dass sie viele Jahre lang sehr gut Geige gespielt habe, dann aber wegen einer Krankheit lange aussetzen musste und nun so langsam wieder anfangen würde, zu üben. Da sie aber noch weit von ihrem früheren Können entfernt sei, meinte sie, sie könne ihr „Gegeige" ihren Mitbewohnern und Nachbarn nicht immer zumuten, also würde sie sich ab und zu in den Wald verziehen und dort üben. Weiter unten sei eine Hütte und dort könne sie, so wie vor ein paar Minuten, in Ruhe spielen.

Jetzt war ich aber doch neugierig geworden und, na klar, ich wollte hören, was sie konnte. Sie lachte, nahm ihre Geige aus dem kleinen Holzkästchen, stimmte ein paar Töne an und dann spielte sie. Erst vorsichtig und leise, aber je länger sie spielte, umso sicherer wurde sie und ich merkte, es macht ihr Spaß.

Ich bin nun nicht der geborene Klassik-Zuhörer, aber ich muss sagen, das war schon etwas ganz Besonderes. Es war einfach schön! Gut und gerne weit über 5 Minuten erhielt ich mein Privatständchen. Ich genoss es, denn sie konnte wirklich gut spielen. Sie erzählte mir auch, von wem und was es sei, aber ich muss gestehen, ich habe es schnell wieder vergessen.

Nicht vergessen aber werde ich die Eindrücke, die ich in der kurzen Zeit gewinnen konnte.

Sie strahlte, als ich ihr sagte, das sei sehr schön gewesen und zog fröhlich weiter. Es war schon seltsam gewesen, aber wunderschön. Und so hatten wir beide ein wohl äußerst seltenes, aber sehr schönes Erlebnis.

Ich hatte noch gut und gerne über 3 km zu gehen, aber irgendwie begleitete mich diese schöne Musik den ganzen Weg über, sie ging mir nicht aus dem Kopf. Und bestimmt trug sie auch dazu bei, dass ich ganz zum Ende der Strecke den nicht einfach zu findenden Cache loggen konnte.

Episode 14 - 300 Meter zum Glück

Es war kurz vor Mittag, als einige Geocaching-Nachrichten bei mir aufschlugen. Oh wie schön, dachte ich, es gibt neue Rätsel von „rubi42". „rubi42" ist in unserer Gegend ein Begriff für ganz tolle Mysteries in Verbindung mit wunderbaren Wanderungen.

Hinter „rubi42" verbirgt sich eine Frau, sie erstellt oft mehrere Mysteries gleichzeitig und platziert sie dann so, dass diese im Endeffekt einen Rundwanderweg ergeben. Dabei sind die Mysteries sehr anspruchsvoll und vielseitig und ihre Wanderwege einsame Spitze.

Immer, wenn ein neuer Cache veröffentlicht wird, gibt es einen Wettlauf, der Erste zu sein. Man bekommt nichts dafür, kein Souvenir, keine Anerkennung, nichts. Aber jeder Cacher möchte wenigstens einmal in seinem Cacherleben der erste sein, der einen neuen Cache findet und sich in das noch unbeschriebene Logbuch eintragen. Für diesen Erstfund hat Geocaching eine spezielle Abkürzung geschaffen, mit der sich der Erstfinder in das noch unbenutzte Logbuch einträgt: „FTF". Die Abkürzung kommt aus dem englischen und bedeutet „(I am the) first to find (this cache)", frei übersetzt: „Ich habe den Cache als Erster gefunden."

Immer mehr neue Caches schlugen auf, insgesamt machte es achtmal „Pling" auf meinem PC. So viele, dachte ich und habe mir interessehalber einige direkt mal angesehen. Dabei habe ich festgestellt, dass der in den Listings angegebene Start-Parkplatz für die Runde ja nur etwa 5 km von mir entfernt liegt. Ich hatte bis dahin noch keinen einzigen FTF und so dicht vor der Tür, das könnte doch evtl. klappen. Also habe ich alles stehen und liegen lassen und mich ans Rätseln begeben.

Ich dachte so bei mir, der Erste wird schnell weg sein, da stürzen sich ja alle drauf, der letzte auch, weil einige bestimmt die Strecke von hinten angehen werden. Also Risiko und die Nummer 2 genommen, denn der Cache ist vermutlich nicht allzu weit vom Startpunkt entfernt.

Das Rätsel war schnell gelöst und damit hatte ich die Koordinaten dieses Caches. Aber nun passierte etwas, was ich nicht kannte. Wenn ich/wir cachen gingen, dann geschah das immer in Ruhe, mit viel Spaß und vor allem ohne jegliche Hektik. Aber hier war ich plötzlich unruhig, ja richtig nervös. In mir war plötzlich ein regelrechter Jagdinstinkt erwacht.

Das entsprechende Listing aufgerufen, um zu sehen, ob schon jemand geloggt hatte (verdammt, warum ist der Browser bloß so lahm?), im Listing ganz nach unten zu den Logeinträgen gescrollt (das dauert ja heute ewig): Jaaaaa! Es war noch kein Eintrag enthalten.

Schnell die Koordinaten eingegeben, die wichtigsten Sachen gepackt, ab ins Auto und los. Je näher ich an den Parkplatz kam, umso unruhiger wurde ich. Hoffentlich steht da kein bekanntes „Cachemobil" (Auto) und es ist doch schon einer unterwegs. Aber es war kein bekanntes Cachemobil zu erkennen, sollte ich wirklich Glück haben?

Also Rucksack mit den Cache-Utensilien auf den Buckel und schnell auf die Socken gemacht, es ging ganz schön steil berghoch und ich „dampfte" schnell. Aber stehen bleiben ging ja nicht, wer weiß, wer von hinten nachkam oder von einer anderen Seite zum Cache unterwegs war. Mich hatte tatsächlich zum ersten Mal der FTF-Rausch gepackt.

800 m ging es steil berghoch und das um die Mittagszeit. Es nutzte nichts, an dem höchsten Punkt war eine Hütte, hier musste ich doch eine kurze Pause einlegen, ob ich wollte oder nicht. Nochmal vergewissert, wo ich hinmusste und dann aber schnell weiter. Mein GPS-Gerät zeigte an, dass es noch ca. 400 m waren.

Nichts konnte mich jetzt noch aufhalten und ich spurtete (na ja, wollen wir es mal nicht übertreiben, ich bewegte mich halt schneller als normal) um die nächste Biegung.

Und dann traf mich der Schlag, was war denn das?
!!!!????!!!!
Ich traute meinen Augen nicht, quer über den Weg war ein rot-weißes Band gespannt, daran hing ein Schild „Durchgang verboten, Forstarbeiten". Ich schaute auf das Datum auf meiner Uhr, nein, es war nicht der 1. April, dann schaute ich mich um, nein es war auch keine versteckte Kamera irgendwo zu sehen

und kein Mensch war weit und breit, es war Ernst. Bitterer Ernst!

Es waren doch nur noch etwa 300 Meter bis zum Cache, nur läppische 300 Meter trennten mich von meinem eventuellen ersten FTF. Sollte ich nicht doch einfach weitergehen? Ich habe mit mir gekämpft, aber wenn ein Baum mal in deine Richtung fällt, dann kann es das für dich gewesen sein. Dann gibt es nie wieder einen FTF.

Ich war sauer, ich war wütend, ich weiß nicht, was alles zusammenkam, ich stand dort eine lange Zeit, aber niemand kam, um das Band abzumachen.

Der Cache wäre noch über einen weiter oben liegenden Weg zu erreichen gewesen, aber das war ein Riesenumweg und mir doch zu weit. Also bin ich wieder zurückgetrottet, ja, getrottet ist das richtige Wort. Denn obwohl es ja fast nur noch bergab ging, brauchte ich doppelt so lange wie für den Hinweg.

Zu Hause angekommen, habe ich noch nicht einmal mehr nachgesehen, ob bereits jemand geloggt hatte, ich wollte mit dem blöden Cache nichts mehr zu tun haben.

Aber abends war ich dann doch neugierig, klar, alle Caches der Serie waren bereits mindestens schon einmal geloggt, wobei 3 Leute die ganze Cache-Serie unter sich aufteilten.

Jeder von ihnen hatte mindesten 5 „FTF" und ich? Ich saß zu Hause und träumte weiter von meinem ersten FTF.

Episode 15 - Engelchen contra Teufelchen

Endlich, ich hatte mal wieder ein paar Tage frei. Und da ich für die kurze Zeit nicht wegfahren wollte, wollte ich wenigstens hier etwas unternehmen. Aber es war Ostern und das Osterwetter kennt man ja zur Genüge.

Am Samstag war es herrlich gewesen, genau passend, daher wollte ich eigentlich Cachen gehen. Aber ich hatte unbedingt auch noch den Rest einer kleinwüchsigen Hecke zu schneiden. Und so bekam ich wieder einmal Besuch von Engelchen und Teufelchen. Das Engelchen meinte, du hast so ein schönes Haus und einen schönen Garten, dafür musst du halt auch etwas tun. Also schneide heute die Hecke, sonst wird sie viel zu hoch und du hast noch mehr Arbeit. Und dann ist das doch endlich gemacht und du bist fertig. Die Caches laufen dir doch nicht weg.

Das Teufelchen zeigte mir die schöne ausgearbeitete Cache Route und meinte, es ist so schön heute und sicherlich nicht so viel Betrieb, da kannst du bei dem Wetter doch in Ruhe so viele Caches suchen. Die Hecke kannst du doch immer noch schneiden, wenn das Wetter nicht ganz so gut ist.

Und so ging es einige Zeit hin und her, schließlich hat Engelchen gewonnen und meine Caches mussten warten. Im Flur stand ein fertig gepackter Korb mit den Utensilien für die Cache-Tour, aber ich habe treu und brav die Hecke geschnitten.

Oster-Sonntag war ich eingeladen und montags war das Wetter derart stürmisch, dass man sich nicht raus traute. Also schon 3 Tage kein Cachen, die Caches warteten doch bestimmt schon auf mich.

Nun war Dienstag, auch wieder so ein Mistwetter. Aber gegen 14.00 Uhr klarte es plötzlich auf. Ich überlegte nicht lange, ich hatte im Nachbarort Altwied noch einen schönen kleinen Multi von etwa eine Stunde, gerade passend zum Frustabbau.

Die Tour hatte ich bereits seit längerem vorbereitet, also konnte ich direkt los. Die erste Station befand sich auf der dortigen Burg. Danach ging es in mehreren kleinen Etappen zu verschiedenen Stationen durch den wunderschönen alten Ort, der auch einmal Bundessieger im Wettbewerb „*Unser Dorf soll schöner werden*" gewesen war. Alles lief gut bis zur Station 5, wo der zu suchende Name aber nicht zu finden war.

Was tun, aufgeben nach so kurzer Zeit? Nein, hin und her überlegt und gerechnet und gerechnet. Im Endeffekt blieben zwei, nicht weit auseinanderliegende Alternativen. Die erste Alternative war schon mal nichts, also weiter zu der zweiten. Dort war aber auch nichts, weit und breit nichts, was passen könnte.

Ich war ein wenig durcheinander, denn bis dahin hatte ja alles einwandfrei funktioniert. Mir fiel dann ein, dass bei Station 5 doch 2 Arbeiter an dem Haus arbeiteten, vielleicht konnten die helfen. Also die paar hundert Meter wieder zurück und einen der Arbeiter angesprochen. Großes Gelächter, der Angesprochene rief dem Anderen zu „Du kannst wieder einen Strich auf die Liste machen, wieder einer mehr".

So kamen wir ins Gespräch und es stellte sich heraus, dass in der einen Woche, in der sie das Haus restaurierten, ich bereits der 12. Cacher war. Nun, kein Wunder, es war Osterzeit und damit ja auch Ferienzeit.

Sie stellten mir dann ein paar Fragen und was ich denn konkret suchen würde. Irgendwie kam mir das zwar komisch vor, aber das gibt es ja nun einmal.

Plötzlich fingen beide an zu lachen und meinten, dann wollen wir doch einem frustrierten Cacher mal ein wenig helfen, kramten kurz in einer Kiste und hielten mir ein Holzschild unter die Nase. Verflixt, da standen alle Angaben drauf, die ich brauchte, klar und deutlich. Infolge der Renovierungsarbeiten hatten sie das Schild abhängen müssen.

Nachdem ich alles notiert hatte und gehen wollte, meinte der eine ganz lässig, ob ich den Cache wohl auch finden würde.

Irgendwie muss ich wohl dumm dagestanden haben, denn sie lachten erneut lauthals. Dann aber meinten sie, sie hätten ja heute ihren guten Tag und drehten das Schild um. Dort klebte ein Zettel mit den Koordinaten und einer kleinen handgemalten Skizze des Finals.

Eine Cachergruppe hatte es gut gemeint und da der Cache, der irgendwo entlang der Wied lag, nicht eindeutig zu finden war, waren sie auf ihrem Rückweg nochmals mit den Arbeitern ins Gespräch gekommen und haben den Zettel für weitere Cacher dort hinterlegt.

Nun, so war das Finden dieses Caches dann kein großes Problem mehr. Meinen Dank an dieser Stelle an die beiden herzlichen Arbeiter und die anonyme Cachergruppe.

Episode 16 - Der Kölsche Glaube

„Mir Kölsche sind ja von jeher gläubige Menschen, aber …". Das musste ich mir unterwegs anhören, als ich wieder einmal alleine auf einer Geocaching-Tour unterwegs war. Es war im Juli 2018, als ich mitten im Wald in Vettelschoß so einiges über die kölsche Mentalität erfuhr.

Aber was war geschehen? Ich war dort u. a. unterwegs zu 3 Caches, die schön hintereinander auf einem kleinen Waldweg lagen, der weiteste war ca. 700 Meter von einem Parkplatz entfernt. Mit diesem habe ich angefangen und nachdem ich ihn gefunden hatte, ging es auf dem gleichen Weg zurück, denn in etwa auf der Hälfte des Weges lag noch ein weiterer Cache.

Aber kurz vor dem Cache zeigte mein Suchgerät plötzlich 26 Meter einen ziemlich steilen Hang hoch, ich hatte aber keine Lust, soweit hochzuklettern und konnte mir auch nicht vorstellen, dass ich so hoch kraxeln hätte sollen. Daher ging ich noch ein wenig weiter, um zu sehen, ob z. B. ein kleiner Pfad irgendwo hoch führt.

Plötzlich hörte ich von oben her Stimmen und sah 2 Leute auf einer Bank sitzen, also musste es oben drüber noch einen weiteren Weg geben. Ich habe dann gerufen und gefragt, wie ich auf den Weg dort oben käme. Nach einer kurzen Erklärung und einem Umweg fand ich diesen Weg dann auch.

Auf dem Weg zurück zum Cache traf ich auf diese älteren Leute, ein Pärchen und, wie ich erfuhr, beide Ur-Kölner. Natürlich kam die Frage, wo ich denn hinwolle. Ich schaute kurz auf mein Garmin und sagte „128 m da rüber".

Klar kam sofort die Frage: „Wat machen Sie denn da, wat is denn da?" Da die beiden mir nicht als Cache-Diebstahl-gefährlich erschienen, habe ich von Geocaching erzählt und ihnen mein Garmin gezeigt. Dann ging es los, ein Frage- und Antwortspiel, weit über 5 Minuten. „Wer darf denn da etwas hinlegen, wie weiß man denn, wo man suchen muss, was muss man denn da machen, woher weiß der Besitzer denn, wann das kleine Büchlein voll ist, was macht man denn, wenn man nichts findet?" Und und und …

Nach fast 10 Minuten waren sie dann so langsam zufrieden. Aber dann kam der Hammer. „Junger Mann", sagte er (ich habe mich mal umgeschaut, mit wem der Mann jetzt redete, aber er meinte mit „Junger Mann" tatsächlich mich), „wissen Sie, mir Kölsche sind ja von jeher gläubige Menschen, aber das will ich trotzdem jetzt erleben. Ich weiß ja nun in der Theorie, wie das alles funktioniert, aber jetzt will ich auch die Praxis sehen. Los, wir suchen jetzt gemeinsam."

Ich musste lachen, das hatte ich so nun doch noch nicht erlebt. Also drückte ich ihm mein Garmin in die Hand und wir drei marschierten los in Richtung 128 m. Er war fasziniert und ganz begeistert, wir bekamen ständig neue Meterangaben. Die Hilfestellung, um den

Cache zu finden (der sog. „Hint") hieß „Unter Steinen".

Als wir in die Nähe des Caches kamen, zeigte das Garmin 3 Meter links hinunter. Während wir beide noch etwas ungläubig dort runter schauten, rief die Frau, hier liegen jede Menge dicke Steine. Sie lagen genau auf der anderen Wegseite, ich habe ihnen dann erklärt, dass Koordinaten selten auf den Meter genau stimmen, vor allem nicht im Wald.

Also bin ich auf die andere Seite, fand den Cache auch auf Anhieb, zeigte ihnen das Versteck und erklärte, wie so etwas versteckt und geschützt wird. Natürlich wollten sie noch das Logbuch sehen und die alten Einträge, kurz und gut, sie haben alles gründlich unter die Lupe genommen.

Nun endlich waren sie zufrieden und meinten, wenn sie Zuhause erzählen würden, dass sie in ihrem hohen Alter einen Geocache gefunden hätten, gäbe es großes Gelächter. Dann aber verabschiedeten sie sich mit ein paar typisch kölschen Sprüchen.

Schade, mit denen wäre ich am liebsten den ganzen Tag herumgezogen.

Episode 17 - Ich werd' hier noch verrückt

Ein Erlebnis der besonderen Art bildete meine Bekanntschaft mit einem sog. „Elementen-Cache". Das Listing des Caches beinhaltete eine zusätzliche Forderung, die sich nicht einmal schwierig anhörte, nämlich nach dem Loggen alles wieder in den Urzustand zurückzuversetzen

Ich schaue mir im Vorfeld immer alle zu suchenden Caches an, daher ahnte ich hier schon nichts Gutes. Zwar reizen mich solche interessanten Caches, denn dahinter verbergen sich häufig ganz tolle Wunderdinge, andererseits steht man, gerade wenn man alleine geht, häufig vor (fast) unlösbaren Problemen.

Und solche Logeinträge wie

„Nach schier endlosen Minuten (oder waren es doch Stunden) konnten wir uns endlich ins Logbuch eintragen"

oder

„Die halbe Zeit ging es Zack - plumps, Zack - plumps. Doch nach gefühlten 200 Mal Zack - plumps war alles wieder im Urzustand"

spornten mich nun auch nicht gerade an, machten mich aber andererseits auch neugierig.

Der Cache war leicht zu finden, aber dann hielt ich etwas in den Händen, in das einiges hineingestopft war und in dem kaum Platz war.

Der Inhalt dieses Caches bestand aus den 4 verschiedenen Elementen Glas, Holz, Metall und Kunststoff, die man alle hin und her bewegen musste, um ans Logbuch zu kommen, die sich aber bei falschem Schieben gegenseitig blockierten. Und damit keiner vergessen konnte, wie der einmal ausgesehen hatte und wieder aussehen musste, lagen dem Cache zwei Grafiken bei.

Ein Logbuch war nicht zu sehen, man konnte es nur erahnen. Gott sei Dank war in der Nähe eine Bank und nun begann das Probieren. Ich ahnte, wie es funktionieren könnte, aber hier lagen zwischen „Ahnen" und „Erledigen" nicht nur Welten, nein, hier waren es direkt mehrere Galaxien. Die ersten Versuche scheiterten kläglich, aber verdammt, so hätte es nach meinem Verstand doch gehen müssen. Aber die Elemente waren nicht meiner Ansicht und streikten. Ich habe gut und gerne 15 Minuten hantiert, mal fluchend, mal mit neuer Hoffnung. Ich war kurz davor, alles zurückzulegen und es später, mit mehreren Cachern, nochmals zu probieren.

Aber es ging wie so oft, beim x-ten Mal anschauen, kam mir eine Idee, von der ich dachte, nein, so kann der Owner es garantiert nicht gemeint haben. Aber nachdem alle meine Ideen gescheitert waren, probierte ich es und – tatsächlich –, es funktionierte. Ich hielt ein verdammt störrisches Teil, das alles blockiert hatte, in den Händen, der Rest war nun ein Kinderspiel.

Eeeeendlich konnte ich loggen, ich atmete erst einmal tief durch und war erleichtert. Eine kurze Genießer-Pause, dann aber musste ja wieder alles rein und wer einmal störrisch ist, der bleibt es normalerweise auch. So wunderte ich mich doch sehr, wie einfach ich das störrische Teil wieder hineinbekam, da doch viele Logeinträge aussagten, dass es beim Zurücklegen mehr Probleme gegeben hätte als beim Herausholen. Aber ich, so genial wie ich nun einmal bin, hatte es prompt geschafft.

Dann, ein letzter Blick auf den Cache vor dem Zurücklegen, ...oh neiiiiiiin!!! Was war das denn? Ich war entsetzt, ich hätte schreien können, fluchen, heulen oder doch nur lachen. Lachen über meine eigene Dummheit, so etwas soll es ja geben.

Ich konnte mich nur noch schnell setzen, ich glaube, ich wäre sonst umgefallen.

Das durfte doch einfach nicht wahr sein, ich hatte es fertiggebracht, das so störrische, wichtige Teil genau verkehrt herum zurückzulegen!

Ich war fassungslos, alles war umsonst gewesen, denn die Forderung im Listing lautetet ja alles wieder in den Urzustand zu versetzen. Da sich das Holzstück nun aber genau falsch herum im Cache befand, ging fast überhaupt nichts mehr. Es gab nur noch 2 Möglichkeiten, den Cache so zurücklegen und den Owner zu informieren, der sich evtl. kaputt gelacht hätte (oder evtl. auch nicht, da er diesen Cache schon so häufig reparieren musste) oder zurück an mein Auto und ab an die Werkzeugkiste. Aber ich war zu dem Zeitpunkt schon stundenlang unterwegs gewesen und ich war groggy. Nur, es blieb mir ja keine Wahl, also den Cache mitgenommen und die etwa 250 m zurück ans Auto.

Natürlich fehlte, wie so oft, das richtige Werkzeug, aber irgendwann schaffte ich es dann doch, es dauerte dennoch gut und gerne weitere 15 Minuten. Danach gab es ein mittleres Erdbeben, so schwer war der Stein gewesen, der mir vom Herzen gefallen ist.

Ich habe das ganze Werkzeug so im Auto verstreut liegen lassen, es gab nur noch einen Gedanken, den Cache zurückbringen, ich konnte ihn nicht mehr sehen und wollte nur noch weg von dort. Gesagt, getan, ich war ja schon lange unterwegs gewesen und mittlerweile so geschlaucht, dass ich nur noch ein Ziel kannte, mein Zuhause. Die weiteren geplanten Caches waren mir erst einmal völlig schnuppe.

Irgendwie schizophren, aber abends bekam der Cache, trotz der ganzen Verzweiflungsaktionen, von mir sogar noch einen Favoritenpunkt. Denn toll gemacht war es ja.

Episode 18 - Was Schnelles auf der Brücke

Ich frage mich heute noch, warum ich das damals überhaupt gemacht habe. Es kann nur wieder einmal mit dieser ominösen Cacher-Krankheit (siehe Vorspann 1 „Ich muss verrückt sein") zu tun haben, die anscheinend auch Teile meines Gehirns blockiert hatte. Denn ich bin nicht schwindelfrei und dann das…

Nein, es war nicht die aus dem Film bekannte Brücke von Arnheim und auch nicht die von Remagen, es war die alte Eisenbahnbrücke zwischen Engers und Urmitz/Rhein, die mich so gequält hat.

Da hatte doch tatsächlich ein Owner die Idee, mitten auf dieser Brücke einen Cache zu befestigen. Was für andere überhaupt kein Problem ist, kostete mich richtig Überwindung, denn ich bin nicht schwindelfrei. Alles, was höher ist als die dritte Sprosse einer Leiter, gehört bei mir eindeutig in die Kategorie Höhenangst.

Und dummerweise haben Brücken die Eigenart, dass sie im Allgemeinen sehr hoch sind. Ich hatte in der Nähe der Brücke bereits einige Caches geloggt und nahm mir nun diesen Cache, todesmutig wie ich war, vor. Das sah ja auch absolut nicht problematisch aus, zumal der Weg für Fußgänger und Radfahrer gemeinsam angelegt und daher doch ziemlich breit war.

Also ging es von der Urmitzer Seite aus los, rund um die ersten Pfeiler, die noch auf festem Boden standen und zügig ab in Richtung Mitte. Zehn bis zwanzig Meter ging es noch voller Elan, dann wurde mir aber doch schnell klar, auf was ich mich da eingelassen hatte. Zwar war der Fußweg sehr breit angelegt, aber leider bestand die seitliche Begrenzung aus einem Metallgitter mit dicken Streben, durch die man aber seitlich nach unten durchsehen konnte. Ich vermied es zwar krampfhaft, dorthin zu blicken, aber in den Augenwinkeln sah man es doch, es ließ sich nicht vermeiden. Meine Schritte wurden schnell kürzer und immer langsamer, dabei musste ich mich ständig am Innengeländer, das den Fußweg von der Zugstrecke trennte, festhalten.

Ich hätte ja umkehren können, aber ich wollte diesen verflixten Cache unbedingt haben und es war mittlerweile bis zur Mitte kürzer als zurück. Also quälte ich mich Schritt für Schritt weiter.

Plötzlich hörte ich aus der Ferne ein Geräusch, gleichzeitig fing der Boden an, leicht zu vibrieren. Zu allem Überfluss kam natürlich ausgerechnet jetzt auch noch ein Zug, das soll ja bei Eisenbahnbrücken auch schon mal vorkommen. Aber der gab mir erst einmal den „Rest", ich musste stehen bleiben und schaute interessiert in den Zug hinein, so als wollte ich ihn studieren. So fiel ich auch nicht auf, denn, da es an dem Tag sehr schön war, waren viele Fußgänger und Radfahrer unterwegs, die ich passieren lassen musste.

An den Koordinaten in der Mitte der Brücke angekommen, fand ich den Cache nicht auf Anhieb. Ich muss gestehen, ich habe auch nicht lange gesucht, denn man konnte auch an den mittleren dicken Pfeilern der Brücke nach unten durchsehen und das war nichts für mich. In dem Augenblick war mit der Cache absolut egal und ich gab auf, bevor ich auch nur ansatzweise weitergesucht habe. Verrückt, da schleppe ich mich einige hundert Meter weit über die Brücke und jetzt, wo es nur noch wenige Meter sein konnten, gebe ich direkt auf. Aber mein einziger Gedanke war nur noch, nichts wie runter von dieser Brücke und so bin ich langsam, aber ganz laaaangsam wieder Stück für Stück, dabei ständig am Innengeländer festhaltend, zurück. Immer wieder musste ich mit doch ganz schön wackligen Beinen stehenbleiben, die Augen schließen und tief durchatmen.

Plötzlich hielt ein junger Radfahrer neben mir, schaute mich an und fragte, ob mit mir alles in Ordnung sei. O weh, ich möchte nicht wissen, wie ich wohl ausgesehen oder mich benommen habe, jedenfalls bin ich ihm aufgefallen. Ich war, ehrlich gesagt, ziemlich verblüfft darüber, dass sich ein so junger Mensch Gedanken um mich machte. Mir gelang zwar in dem Moment kein großartiges Lachen, aber es reichte doch zu einem Lächeln. Mit dem Lächeln und ein paar wenigen Worten gelang es mir, ihm klarzumachen, dass es mir im Grunde gut geht und ich auch nicht vorhabe, mich von der Brücke zu stürzen. Ich erzählte ihm kurz, was los war, nun musste auch er lachen und prompt bot er mir an, mich zurückzubegleiten.

Das aber wollte ich doch nicht, denn ich hatte ja alleine schon genügend Probleme und dann noch jemand an meiner Seite, mit dem ich vermutlich ja auch noch hätte reden müssen, nein, das war dann doch zu viel des Guten. Und so bedankte ich mich sehr und lobte ihn für sein Mitgefühl. So zogen wir beide in entgegengesetzter Richtung weiter und irgendwann erreichte ich endlich wieder festen Boden.

Ich sah mich nur noch einmal kurz um und dachte so bei mir, du siehst mich garantiert nicht wieder, selbst wenn 1.000 Euro um den Cache gebunden wären.

Episode 19 - Doris und Heinz

Immer, wenn ich diese Episode irgendwo erzähle, werde ich ungläubig angeschaut und es wird herzhaft gelacht. Komisch!

Ich hatte in meinem Bekanntenkreis ein Pärchen. Er war überall beliebt und absolut pflegeleicht, sie war…, erspart es mir, ihr werdet es gleich ja schon noch mitbekommen. Damit sich keiner angesprochen fühlt, nenne ich die beiden mal Doris und Heinz, denn die echten Doris und Heinz können darüber nur lachen, die beiden sind ein wunderbares Paar.

Ich war eines Tages im Industriegebiet in Neuwied und suchte dort einen Mystery, der mich lange gequält hatte und den ich nur dank eines Tipps eines befreundeten Cachers lösen konnte. Ich hatte den Cache gefunden, das Logbuch signiert und kam gerade aus dem Gebüsch, in dem er versteckt war, als auf der anderen Straßenseite ein Auto vorbeifuhr.

Kaum war es an mir vorbei, da hupte es, nochmals und nochmals. Ich fragte mich, warum derjenige so hupte, evtl. aber hatte ich ihn ja erschreckt, weil ich aus den Büschen kam.

Etwas weiter aber hielt das Auto an und 2 Gestalten kamen auf mich zu, es waren Doris und Heinz. Ob es weit und breit keine Toilette geben würde, fragten sie mich. Ich konnte den Irrtum aber schnell aufklären und erzählte, was ich dort gesucht hatte. Heinz war sofort

Feuer und Flamme, welcher Mann kennt nicht die Schatzsuchen aus seiner Kindheit.

Ich wollte nicht alles auf der Straße erklären, daher habe ich ihnen zugesagt, alles per Mail zu erklären und so kam es, dass Heinz es unbedingt mal ausprobieren wollte. Also lud ich sie für einen Sonntagnachmittag zu mir ein, um bei uns im Ort auf eine kleine Einführungsrunde zu gehen. Ich bat sie aber, ihren Laptop mitzubringen, damit wir, wenn es ihnen gefallen würde, direkt einen Account für sie anlegen konnten.

Tagelang kam keine Reaktion, also rief ich dort an. Wie immer hatte ich sie am Telefon, im Laufe des Gesprächs meinte sie, sie würde es ja Heinz zuliebe machen, aber sie habe keine Lust, mit ihrem Laptop im Ort oder im Wald herumzulaufen.

Da ich ihnen alles bei mir Zuhause und während der Tour erklären wollte, hatte ich nicht viel erklärt und aus dem Mitbringen ihres Laptops hatte sie doch tatsächlich darauf geschlossen, dass die Sucherei nur mit dem Laptop möglich wäre und sie den die ganze Zeit mit sich herumschleppen müsse.

Das war aber schnell geklärt und so standen sie dann eines Sonntags gegen 14.00 Uhr vor meiner Tür. Ich zeigte ihnen zunächst an meinem PC das Notwendigste. Heinz wollte unbedingt direkt los, er war richtig unruhig. Aber Doris zeigte kein allzu großes Interesse, sie erzählte nur, dass sie vor kurzem böse gefallen sei und nun Probleme habe, sich zu bücken usw. Hätte sie das vorher mal erwähnt, so hätten wir ja auch alles verschieben können, aber ich merkte schnell, dass sie an dem Tag wieder einmal „leichte Probleme" miteinander hatten und daher kam wohl ihre „Unlust".

Aber ausnahmsweise hatte sich Heinz wohl mal durchgesetzt und so tigerten wir dann doch los. Ich gab Doris das GPS-Gerät in der Hoffnung, dass sie dadurch mit der Materie etwas „warm" werden würde, aber ich konnte nicht schnell genug schauen, schon hatte sie es Heinz in die Hand gedrückt.

Ihm passte das natürlich wunderbar, er bestaunte alles und wollte sofort los. Die Koordinaten für den ersten Cache, der etwa 200 m Luftlinie von meinem Haus entfernt lag, hatte ich bereits eingegeben. Ich erklärte ihm kurz, was er mit dem GPS-Gerät machen müsse, er blickte auf die Kompassnadel und schon rannte er regelrecht los. In dem Moment hatte er anscheinend alles andere vergessen. Aber Doris warmherziges „Was rennst du denn so?" holte ihn schnell in die Wirklichkeit zurück. Ihm ging das alles nicht schnell genug, als Doris dann aber etwas von „Wie ein kleines Kind", murmelte, war mir endgültig klar, dass ich dummerweise den falschen Tag mit beiden erwischt hatte.

Schnell war er an der Lore angekommen, an der sich der Cache befand. Ich hatte beiden auf dem Weg dorthin erklärt, was sie machen müssten, also fing er direkt an, herumzuwühlen, während sie stocksteif stehen blieb.

Er hatte sich gebückt, fand aber nichts auf Anhieb und so kroch er wieder hoch und schaute erstaunt auf Doris, die immer noch fast regungslos so stand, wie bei unserer Ankunft.

Ich habe ihn selten einmal so energisch gehört wie in dem Augenblick, „Du wusstest ja..." und „Du musst dich schon bewegen..." waren noch die harmlosesten Worte, die sich Doris in dem Augenblick anhören musste.

Sie war doch tatsächlich sprachlos, so energisch hatte sie ihren Heinz wohl nur selten erlebt, daher bewegte sie sich doch tatsächlich und bückte sich auch, um auf ihrer Seite zu suchen. Da sie aber immer eine sehr hektische Person war, dauerte es nur ganz kurz, bis sie sich an der Lore ihren Kopf rammte. Die daraufhin folgende Debatte war keinesfalls jugendfrei und ihre Such-Aktionen waren damit prompt beendet. Ich half Heinz dann ein wenig und so fand er seinen ersten Cache und trug sich stolz im Logbuch ein.

Danach zeigte ich ihm, wie er die nächsten Koordinaten im GPS-Gerät finden und einstellen müsse. Wir gingen gemeinsam ein paar Meter bis zu einer Kreuzung, Heinz hatte ein Tempo entwickelt, sodass wir beiden anderen kaum hinterherkamen. Und noch bevor ich an die Kreuzung kam, ging Heinz bereits quer über die Wiese des offenen Grundstückes, das direkt an der

Kreuzung lag. Ich musste ihn schnell zurückholen, er hatte das mit dem „immer der Kompassnadel folgen" doch zu wörtlich genommen und wäre, egal was ihm wohl in den Weg gekommen wäre, immer der Nadel gefolgt.

Aber auch das war schnell erklärt und so gelangten wir kurz darauf zum zweiten Cache. Der Hinweis im Listing, wo man ihn finden würde, lautete „Die süße Frucht hängt hoch!". Der Cache war in etwa 2 Meter Höhe zwischen 2 Streben oben an einem Straßenschild befestigt, Heinz hatte ihn schnell entdeckt, kam aber nicht richtig ran. Also sollte es Doris von der anderen Seite aus versuchen. In dem Moment, in dem sie versuchte, den Cache zu greifen, war Heinz doch irgendwie an den Cache herangekommen. Dummerweise aber nur so, dass er ihn aus der Halterung geschoben hatte und der heruntersauste. Was denkt ihr, wo der landete? Richtig, natürlich auf dem Kopf von Doris.

Es war zwar nur ein kleiner, ganz normaler Petling aus Plastik, aber nach ihren Reaktionen zu urteilen, muss der aus schwerem Eisen gewesen sein.

Den nachfolgenden, absolut nicht jugendfreien Monolog hat man garantiert noch im Umkreis von hundert Metern mitbekommen.

Während Heinz dabei war, sich ins Logbuch einzutragen und den Cache wieder an die richtige Stelle zu schieben, befand Doris sich schon etliche Meter von uns weg auf dem Weg „nach Hause". Logisch, damit war die Cacher-Runde beendet. Auf dem Rückweg hat sie bestenfalls noch 2 Sätze mit uns geredet.

Wieder bei mir zu Hause angekommen, war binnen ganz kurzer Zeit klar, dass es keinen gemeinsamen Nachmittag mehr geben würde. Sie ging sofort an ihr Auto und setzte sich ans Steuer, damit gab es keine Debatten mehr. Heinz zuliebe habe ich nichts gesagt und ließ sie ziehen.

Damit war aber nicht nur dieser Tag abrupt beendet, nein, auch das Thema „Cachen" war für sie für alle Zeiten tabu und bis heute haben beide keinen eigenen Account.

Episode 20 - Der Alptraum

Hinter den feindlichen Linien, Teil 1

Ich habe schon eine Weile überlegt, ob ich dieses Erlebnis überhaupt veröffentlichen soll. Denn bisher weiß ja nur ein kleiner Kreis, wie sehr wir uns blamiert haben. Aber die Geschichte war trotz allem so einmalig und so toll, daher muss ich sie einfach erzählen.

Ein Highlight im Leben eines jeden Geocachers ist ein Nachtcache. Zum einen, weil er nur sehr selten vorkommt, zum anderen, weil er ganz anders aufgebaut ist, wie ein normaler Multi. Bei einem Nachtcache geht man im Regelfall die Strecke anhand von Reflektoren, die leuchten, wenn man sie mit einer Taschenlampe anstrahlt. Verschiedenfarbige Reflektoren zeigen dann an, ob man weitergehen muss, ob man abbiegen muss oder ob man eine Aufgabe zu lösen hat. So tastet man sich in der Dunkelheit voran, von Aufgabe zu Aufgabe bis hin zum Final.

Und so ein Nachtcache lag doch tatsächlich direkt vor meiner Tür, nur etwa 5 km entfernt. Und er hatte einen „Bombenruf". Die Lobhudeleien in den Logeinträgen nahmen überhaupt kein Ende. Damit war klar, den müssen wir unbedingt machen.

Der Nachtcache hieß „*Hinter den feindlichen Linien*" und war eingebettet in eine Agentengeschichte. An insgesamt 6 Stationen mussten verschiedene Aufgaben bewältigt werden, bis man den Final in Händen halten konnte.

Neben den ganzen „normalen" Cacher-Utensilien, die man ja immer dabei haben sollte, gab es hier einiges an Besonderheiten, was mitzunehmen war: 1,5l Wasser, einen Laserpointer, eine starke Taschenlampe, einen Spiegel, eine UV-Taschenlampe sowie einen Zollstock.

Einen solchen Nachtcache geht man wegen der gestellten Aufgaben und dem Suchen im Dunkeln nicht alleine an, sondern nur in einer Gruppe. Und so verabredeten wir uns mit einer kleinen Gruppe, um diesen Cache gemeinsam zu suchen. „Wir", das waren 4 Erwachsene und 2 Kinder, leider aber sagte der 4. Erwachsene ein paar Tage, bevor wir loslegten, ab.

Nach einigem Hin und Her (mal passte der Termin nicht, mal hatten sie Regen gemeldet), haben wir fünf uns dann im Mai 2016 für einen Freitagabend um 21.30 Uhr verabredet. Mit allen Utensilien ausgestattet, trafen wir fast auf die Minute am Parkplatz ein, aber wir waren doch etwas zu früh, denn es war noch nicht dunkel. Da der Owner jedoch noch eine kleine Aufgabe der Strecke vorgeschaltet hatte, wollten wir die schon mal lösen. Es hieß sinngemäß: *„In eurer Nähe findet ihr 2 Zahlen, die zeigen euch den Weg zum eigentlichen Start. Die linke Zahl nehmt für die Grad-*

zahl, die rechte zeigt euch die Entfernung in Meter an."

Also hieß es nun, Zahlen suchen, damit wir wussten, wo wir hin mussten. Ganz in der Nähe, am Ende des Parkplatzes, hingen deutlich 2 Zahlen an einem Zaun, freudestrahlend sind wir dort hin. Aber so sehr wir auch mit diesen Zahlen rechneten, es ergab kein brauchbares Ergebnis.

Daher mussten wir weitersuchen und das im Dunkeln, wobei es leider keinen Hinweis gab, ob die beiden Zahlen z. B. groß oder klein waren oder ob sie sich auf dem Boden bzw. an einem Zaun befanden.

Wir fanden auch noch die unterschiedlichsten Zahlen, aber keine ergaben irgendeinen Sinn. So wich die Vorfreude, loslegen zu können, so langsam aber sicher einer immer größer werdenden Enttäuschung. Einfach aufgeben aber wollten wir nicht und so beschlossen wir, einfach drauofloszugehen, in der Hoffnung, irgendwo ein paar Reflektoren zu entdecken. Kein normaler Mensch käme auf so eine unsinnige Idee, aber wir waren halt ziemlich verzweifelt.

Von dort oben vom Parkplatz aus, gab es 4 Möglichkeiten wegzukommen, wir haben sie alle der Reihe nach probiert.

Aufgrund der Logeinträge und der Aufgabenbeschreibung wussten wir, dass wir irgendwann auf einen Strommast treffen mussten. Hier gab es aber nur einen einzigen, also suchten wir eine Möglichkeit, die dorthin führte. Und tatsächlich, wir fanden nicht weit weg vom Parkplatz einen kleinen Seitenweg, der in die Richtung führte. Das war die für uns wahrscheinlichste Lösung und so folgten wir diesem Seitenweg, immer auf der Suche und mit der Hoffnung, endlich einen Reflektor zu finden. Aber alles Suchen war umsonst.

Wir versuchten es nun mit Logik. Da wir ja die Richtung zu dem Mast hatten, war die nächste Idee, es weiter oben zu versuchen und den Mast von oben aus anzugehen. Aber leider war hier alles umzäunt, alles bis auf einen ehemaligen Werksparkplatz. Zwar hing hier noch ein Schild „Achtung Videoüberwacht" über dem mit einer Kette verschlossenen großen Tor zum Parkplatz, aber das kleine Tor zum Parkplatz stand offen. Man reimt sich ja in so einem Fall so vieles zusammen und so dachten wir, das steht doch bestimmt nicht umsonst offen. Alle wollten wir nicht rein und so ging einer allein auf Erkundungstour, mit dem Ergebnis, auch hier ging es nicht weiter.

Versuch Nummer 3 endete ebenfalls negativ und so blieb für uns nur noch eine einzige Möglichkeit übrig: Vom Parkplatz hinunter und der kleinen Straße folgen.

Viel Hoffnung hatten wir nicht mehr und so trabten wir los. 3 vorneweg, 2 etwa 50 m dahinter, so suchten wir nacheinander und etwas versetzt. Die 3 vorderen waren bereits ganz unten angelangt, als wir beiden, die hinten gingen, uns plötzlich erschreckt ansahen. „Da, da hat doch etwas geblinkt". Kurz nochmals dorthin geleuchtet, tatsächlich, da leuchtete etwas in Weiß. Und unten drunter nochmals. Wir konnten es nicht fassen, wir hatten tatsächlich 2 weiße Reflektoren entdeckt. Hämisch riefen wir nach vorne, ob sie weiter nur spazieren gehen wollten oder zurückkommen wollten, um mit uns beiden den weißen Reflektoren zu folgen. Denn diese bedeuteten, dass wir dort auf eine nach oben gehende Wiese abbiegen mussten.

Sie waren schwer zu erkennen gewesen, denn sie hingen an dem unteren von 2 kleinen Zaunpfählen, zwischen beiden war eine nicht einmal 1 m breite Öffnung. Vorsichtig gingen wir hindurch und fanden einen, in der Dunkelheit kaum zu sehenden Wiesenpfad. Aber je weiter wir gingen, umso sicherer wurden wir, denn der Pfad war doch ziemlich ausgetreten, was auf vor uns dorthin gegangene Cacher hindeutete. Und dann kam er, der so ersehnte erste rote Punkt, der für uns bedeutete, wir waren auf dem richtigen Weg. Wir konnten es kaum glauben und hatten wieder richtig Spaß.

Ein paar Treppenstufen galt es noch zu bewältigen und dann standen wir tatsächlich vor 2 roten Reflektoren, hier war also eine Aufgabe zu lösen. Unsere schlechte Laune war wie weggeblasen, wir fanden auch schnell die Aufgabe. An einem Baum war ein rundes Etwas mit mehreren größeren Löchern befestigt, in die der mitzubringende Zollstock hineinpasste.

Aber dann kam die Enttäuschung, dem runden Etwas war zwar ein Zettel beigefügt, der uns aber mehr verwirrte, als dass er uns half. Wir probierten vieles aus, wir wussten ja aufgrund der Beschreibung, wie es funktionierte, aber nicht, was wir genau machen sollten. Nichts führte zu einem brauchbaren Ergebnis. Nun hatten wir endgültig genug und so gingen wir über den kleinen Pfad wieder auf die Straße zurück, von der wir gekommen waren.

Wir beratschlagten kurz, aber da wir gut und gerne schon fast 2 Stunden unterwegs waren, ohne dass wir einen Anfang gefunden hatten, gaben wir auf und fuhren enttäuscht nach Hause.

Fortsetzung siehe Episode 21

Episode 21 - Von nun an ging's bergab

Hinter den feindlichen Linien, Teil 2

Am Tag nach unserem Desaster (siehe Episode 20) habe ich dem Owner eine Mail geschickt, ihm die ganze Geschichte erzählt und um eine kleine Hilfe gebeten. Er reagierte auch sehr schnell und ich bekam eine sehr nette Rückantwort mit der Aussage, dass er das alles völlig ungläubig gelesen habe, denn so viel Arbeit mache sich normalerweise niemand. Aber er habe sich auch köstlich über das amüsiert, was wir so alles angestellt hätten.

Noch mehr gelacht aber hätte er über unsere Erzählung von dem runden „Ding", das wir gefunden hätten. Denn das wäre die allerletzte Station gewesen, wir hatten also quasi die Strecke von hinten aufgezäumt.

Und dann half er, mehr als ich erwartet hatte, aber er meinte, wer sich so eine Arbeit machen würde, der hätte auch mehr Hilfe verdient.

Dank dieser Hilfe starteten wir 14 Tage später unseren zweiten Versuch. Wir wussten ja nun, wo die Zahlen zu suchen waren, die uns zur 2. Aufgabe führten. Es ging gut und gerne 500 m in eine Richtung, die wir allerdings von vornherein ausgeschlossen hatten. Ohne Owner-Hinweis wären wir dort niemals hingegangen.

Als Aufgabe 2 war ein rot umrandetes Schild zu suchen, von den verschiedenen Zahlen in dem Schild benötigten wir 2, die uns nach einem kleinen Rechenwerk zum Startpunkt der eigentlichen Strecke, die lt. Listing mit verschiedenfarbigen Reflektoren ausgestattet war, führten.

Diese Reflektoren leuchteten, wenn man sie mit einer Taschenlampe anleuchtete, und wiesen uns somit den Weg. Man musste allerdings sehr sorgfältig vorgehen, denn sie waren sehr klein. Dabei bedeutete ein weißer Reflektor: *„Hier entlang!"*, zwei weiße Reflektoren: *„Hier den Weg zum Lösen einer Aufgabe verlassen!"*, ein roter Reflektor: *„Eine neue Aufgabe steht bevor!"* und zwei rote Reflektoren: *„Hier gibt es eine Aufgabe zu erledigen!"*.

Schnell hatten wir den Einstieg in diese Reflektoren-Strecke gefunden und auf einem kleinen verschlungenen Pfad ging es in einen Wald hinein. Schon nach etwa 150 Metern trafen wir zum ersten Mal auf 2 weiße Reflektoren, also mussten wir hier den nach unten gehenden kleinen Pfad verlassen und geradeaus über einen kaum erkennbaren Trampelpfad weitergehen. Nach nicht einmal 50 Metern fanden wir den roten Reflektor und etwa 10 Meter weiter bereits die zwei roten Reflektoren und damit unsere erste Aufgabe.

Hier konnten wir die mitzubringenden 1,5 l Wasser direkt loswerden, galt es doch, dieses in einen, an einem Baum befestigten Holztrichter, hineinzuschütten, um einen tief unten im Trichter liegenden Tischtennisball nach oben zu lotsen. Dieser Tischtennisball war mit einem Buchstaben und einer Zahl beschrieben, die man beide nur mit UV-Licht sehen konnte. Diese galt es zu notieren, was es damit auf sich hatte, erfuhren wir aber erst viel später.

(Hinweis: Ich habe die Geschichte hier und da um ein paar Aufgaben-Details ergänzt. Normalerweise ist es nicht erlaubt, zu viel zu verraten, aber leider, leider hat der Owner diesen wunderschönen Nachtcache archiviert, er existiert also nicht mehr und somit verrate ich ja nichts.)

Da wir in diesem Spiel ja als Agenten unterwegs waren, hieß es immer wieder, dass man darauf achten solle, nicht entdeckt zu werden, denn ansonsten würde man evtl. von Feinden beschossen. Dieser kleine Hinweis sollte für uns noch eine große Bedeutung haben.

Nachdem wir die Aufgabe an Station 1 gelöst hatten, ging es wieder zurück auf den kleinen Pfad, der ab dort ganz schön steil nach unten ging. Wir hatten dummerweise bei unserer Datumsauswahl auch nicht darauf geachtet, dass es eine „mondscheinarme" Nacht war. Um es klar zu sagen, es war stockdunkel. Und da in diesem kleinen Waldgebiet die Bäume noch dicht an dicht standen, mussten wir höllisch aufpassen, wo wir hintraten.

Wir konnten auf dem kleinen Pfad nur hintereinandergehen, daher mussten wir nicht nur auf die Reflektoren achten und wo wir hintraten, nein wir mussten, so komisch das sich auch anhört, auch darauf achten, dass wir niemanden „verloren", denn es gab immer wieder kleine Nebenpfade. Und so wurden unentwegt die Taschenlampen geschwenkt, mal nach vorne, ob man wieder einen Reflektor sehen konnte, mal nach unten, um zu sehen, wo man hintrat und mal nach hinten bzw. vorne auf den Vordermann, ob der noch da war. So krochen wir regelrecht Meter für Meter nach unten.

Aber endlich sahen wir vor uns doch mehr Helligkeit und erkannten Wiesen und einen breiten Weg, wir waren unten angekommen. Jetzt hieß es erst einmal verschnaufen und sich etwas stärken.

Aber dazu sollte es nicht kommen…

Fortsetzung siehe Episode 22

Episode 22 - Schüsse in der Dunkelheit

Hinter den feindlichen Linien, Teil 3

Nach dem doch sehr mühsamen und langwierigen Abstieg wollten wir, als wir unten ankamen, eine kleine Pause machen und uns ein wenig stärken.

Aber dazu kamen wir nicht mehr, denn es gab plötzlich einen mächtigen Knall, sodass wir alle zusammenzuckten. Verflucht, es hieß zwar im Listing, dass, wenn wir nicht aufpassen würden, wir beschossen werden würden, aber das war doch nur ein Text in einem Spiel. Aber der Knall war echt.

Kaum war er verhallt, knallte es schon wieder, das war ein nicht gerade schönes Gefühl, denn es war extrem laut. Und schon der nächste Knall und danach ein regelrechtes Geprassel an Schüssen. Es schien, als seien wir tatsächlich als „Agenten" ertappt worden, aber so etwas konnte man doch unmöglich initiieren. Verflucht, was sollte das also? Es war ein Donnergrollendes Getöse in dem engen Tal, in dem sich jeder einzelne Knall ja zig-fach brach. Unsere Kleinste hatte sich längst an ihre Mama geklammert, die Größere bekam regelrechte Panik, sie weinte ununterbrochen und war kaum zu beruhigen.

Aber auch uns Großen wurde heiß und kalt, es schien, als wären wir regelrecht unter Dauerfeuer geraten, manchmal stoppte das Geprassel für Sekunden, um dann anders und in noch stärkerem Ausmaß wieder loszulegen. Wir hatten das Gefühl mitten in einem Gefecht zu sein. Und wenn dann wieder einer dieser extremen Knaller durch das enge Tal regelrecht an uns vorbeirauschte, hatten wir das Gefühl, dass die Luft zitterte, uns standen in dem Moment manches Mal die Haare zu Berge und es war des Öfteren Gänsehaut angesagt.

Etwa 100 m von uns entfernt waren ein paar Pferde auf einer Koppel untergebracht, durch die ständige Knallerei waren sie in Panik geraten und rannten auf der Weide wie um ihr Leben. Ihr angstvolles Wiehern und ihr Kreuz- und Quergerenne verunsicherte uns noch zusätzlich.

Das alles ging so schnell und war so extrem laut, dass wir uns nur irgendwelche sinnlose Zeichen geben konnten, klar denken konnte keiner mehr. Plötzlich aber fiel mir ein, wir hatten ja Pfingstsamstag und in Neuwied war Kirmes. Und jedes Jahr wird dort aus Anlass der Kirmes kurz nach 23 Uhr ein großes Feuerwerk veranstaltet. Und das war Luftlinie gerade mal 700 m von uns entfernt.

Das war die Erklärung für das ganze Spektakel und es beruhigte uns ein wenig, denn nun wussten wir, was los war, dennoch, es blieb natürlich furchtbar laut. Aber wir konnten ja nicht ausweichen, wir mussten also warten und es über uns ergehen lassen. Wer das Feuerwerk kennt, der weiß, dass es mindestens 10 bis 15 Minuten dauert, eine Zeit, die uns dort unten wie eine Ewigkeit vorkam.

Irgendwann war das „Geballere" vorbei und wir konnten aufatmen, aber unsere Ohren dröhnten doch noch eine ganze Weile. Wir brauchten noch einige Zeit, um uns wieder zu „sortieren", aber nach und nach fiel die Unruhe von uns ab.

Endlich konnten wir uns unseren Aufgaben widmen und die nächsten Stationen in Ruhe angehen. Schon nach nicht einmal 300 Metern entdeckten wir links am Wegesrand 2 weiße Reflektoren, also hieß es dort rein und „ab in die Büsche". Nach nur ein paar Schritten trafen wir auf den roten und nur wenige Meter später auf die 2 roten Punkte, also auf die Aufgabe. Eine kleine Anleitung, die dort gut sichtbar angebracht war, erläuterte, was wir tun mussten.

Mitten im Wald standen etliche alte Betonzaunmasten, an einigen waren noch runde Ösen angebracht, die ursprünglich mal dem Halt eines Zaunes dienten, einige von ihnen waren rot markiert. Etwas weiter den Hang hoch waren in Abständen von ein paar Metern und versetzt 3 kleine Spiegel befestigt.

Unsere Aufgabe bestand nun darin, den mitzubringenden Laserpointer mithilfe der roten Ösen so auszurichten, dass der Strahl auf den ersten Spiegel traf. Wenn man richtig zielte, fiel der Strahl von diesem Spiegel über den zweiten und dritten dorthin, wo sich der Behälter mit der Lösung befand.

Bei gut der Hälfte der Versuche landet unser Strahl jedoch auf dem Waldboden, bei den anderen auf irgendeinem Baumteil. Das Suchen auf dem Waldboden schlossen wir aus und konzentrierten uns auf die Bäume, aber wir konnten nichts finden, sodass wir nach einer Weile aufgegeben haben und weiterzogen.

(Durch Zufall erfuhren wir irgendwann, dass wir doch auf dem Waldboden hätten suchen sollen, denn die Lösungen waren in einem Behälter, der sich in der Erde befand, zu finden).

Uns war in dem Moment natürlich auch klar, dass wir die restlichen Aufgaben zwingend lösen mussten, eine Buchstaben-/Zahlenkombination kann man ja evtl. noch erraten, aber weitere Nicht-Funde durften wir uns keinesfalls erlauben.

Gott sei Dank waren die beiden nächsten Stationen gut lösbar, bei Station 3 (Hast Du den Dreh raus?) musste man, wie der Name der Station es schon vermuten lässt, solange verschiedene Teile drehen, bis man an die Lösung kam und bei Station 4 (Spieglein, Spieglein hinter die Wand!) war die Buchstaben-/ Zahlenkombination innen in einer Gebäuderuine angebracht. Diese konnte man nur mithilfe eines Spiegels durch die einzige Öffnung in der Ruine ermitteln.

Gut gelaunt und forsch ging es weiter. Nach ungefähr 15 Minuten kamen wir aus dem Waldgebiet heraus. Wir standen jetzt an eine Stelle, von der aus es bestenfalls noch 800 m bis zu dem von uns ja beim letzten Mal bereits gefundenen Dechiffrierer waren.

Von hier aus gab es mehrere Möglichkeiten dorthin zu kommen, aber einen weißen Reflektor, der uns den Weg zeigen würde, fanden wir nicht. In dem Moment ahnten wir, dass wir falsch waren, wir waren, nachdem wir die beiden Stationen 3 und 4 ja so gut gelöst hatten, doch evtl. die Reststrecke zu forsch angegangen.

Da wir absolut nichts fanden, hätten wir soweit zurückgehen müssen, bis wir wieder einen oder zwei weiße Reflektoren finden würden, nur wie weit die zurückliegen würden, das wussten wir ja nicht.

Zu dem Zeitpunkt waren wir bereits über 3 Stunden unterwegs, es war mittlerweile ca. 01.00 Uhr nachts, und wir hatten bis zum Parkplatz, wo unser Auto stand, noch gut 20 Minuten zu gehen. Wir hatten zu dem Zeitpunkt kaum noch Elan und Schwung, vermutlich auch dadurch, dass wir die beiden Stationen nicht gefunden hatten.

So neugierig wir auch auf die Aufgaben und Lösungen waren, aber das wäre zeitlich doch viel zu lang geworden.

Und somit brachen wir erneut ab und fuhren, traurig und enttäuscht, zum zweiten Mal ohne Fund wieder nach Hause.

Fortsetzung siehe Episode 23

Episode 23 - Uns ging doch ein Licht auf

Hinter den feindlichen Linien, Teil 4

Als ich am nächsten Morgen nach dem Frühstück in meine E-Mails schaute, fand ich darin eine von meinen „Kampfgenossen" der letzten Nacht.

Sie hatten schon beratschlagt und keine Ruhe, sie wollten den Cache natürlich, so wie ich ja auch, unbedingt endlich finden. Also schlugen sie vor, dass wir uns noch am gleichen Sonntagabend wieder treffen sollten, aber sie kämen nur zu zweit, die Kleinste und ihre Mutter blieben zuhause.

Dieses Mal trafen wir uns aber gut 2 Stunden früher als sonst, denn wir hatten die Hoffnung, im Hellen das zu finden, was wir am Vorabend übersehen hatten. Zwar waren wir drei dieses Mal alleine unterwegs, aber die ganze Tour stand doch „in ständiger Handyverbindung" zu den beiden Daheimgebliebenen, die mit uns mitfieberten und auch schon mal aus der Ferne Ratschläge gaben.

Da die Rest-Strecke, die wir leider nicht mehr geschafft hatten, nicht mehr weit gewesen war, gingen wir diese von hinten aus an. Dabei gingen wir die Strecke soweit zurück, bis wir dort ansetzen konnten, wo wir auf alle Fälle noch richtig gewesen waren.

Es machte sich schnell bezahlt, dass wir dieses Mal im Hellen losgetigert waren, denn, wir waren von der Stelle aus, an der wir abgebrochen hatten, bestenfalls

200 m zurückgegangen, da entdeckten wir einen weißen Reflektor, den wir in der letzten Nacht übersehen hatten. Vermutlich war er durch Blätter verdeckt gewesen und wir konnten ihn daher nicht anleuchten. Nun hatten wir die Strecke wiedergefunden und konnten dort neu ansetzen.

Mit der Gewissheit, wieder richtig zu sein und auch genügend Zeit zu haben, konnten wir jetzt viel ruhiger und sorgfältiger Suchen als in der Nacht zuvor. So fanden wir auch die beiden weißen Reflektoren der Station 5 schneller als erwartet. Und prompt auch den roten Punkt, der sich im Gegensatz zu den bisherigen Reflektoren an einem Stein fast ganz unten nahe dem Erdboden befand, daher war er wirklich schwer zu finden.

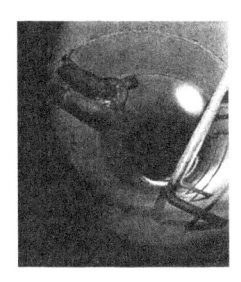

Ein paar Meter weiter fanden wir dann auch die 2 roten Punkte auf einem ebenerdigen Deckel, der einen Schacht abdeckte.

In diesen Schacht musste man hinabsteigen und einen Behälter suchen, in dem sich die Lösung befand.

Nachdem die Aufgabe gelöst war, fehlte uns nur noch die letzte Aufgabe mit dem Titel „Höhenangst". Nun, das ließ ja schon einmal einige Rückschlüsse zu.

Was uns aber so richtig weiterhalf, waren die letzten Logeinträge, in denen es u. a. hieß „…Bauzaun versperrt…" „…abgesperrt und nur auf Umwegen zu erreichen..." usw. Denn als wir uns umsahen, konnten wir auf der anderen Talseite einen riesengroßen uralten Turm sehen, der wohl abgetragen wurde und davor ...einen Bauzaun (!).

Wir hatten uns vor Beginn unseres Abenteuers vieles im Listing und in den Logeinträgen durchgelesen. Bei dieser letzten Station warnte der Owner ausdrücklich vor den derzeitigen Abrissarbeiten und ganz deutlich davor, keineswegs hinter die Absperrungen zu gehen. Dennoch fand man einen dramatischen Logeintrag, in der derjenige zugab, das nicht beachtet zu haben und regelrecht in der Erde eingebrochen sei und nur mit viel Glück wieder dort herausgekommen sei. Also war das auf alle Fälle für uns tabu.

Viele der letzten Logeinträge sprachen von „regelrechtem Chaos an Suchereien". Weil auch wir keinen Anhaltspunkt fanden, teilten wir uns auf und suchten in unterschiedlichen Geländeecken, aber nie weit voneinander entfernt.

Plötzlich kam der Ruf „Hier ist es". Wir beide anderen rannten schnell dorthin und irgendwo aus der mittlerweile schon wieder herrschenden Dunkelheit kamen Leuchtzeichen. Wir entdeckten auch einen kleinen verschlungenen Pfad und dann standen wir vor der „Höhenangst".

Ein kleiner, nicht mehr genutzter Mast, der in den Bäumen versteckt war und von den Wegen aus nicht zu sehen war. Es war ja klar, welche Aufgabe dort zu erledigen war und so stieg einer von uns hoch und schon nach kurzer Zeit kam der Ruf „Hab ihn".

Damit war auch die letzte Aufgabe gelöst, endlich konnten wir zum Dechiffrierer, den Weg dorthin kannten wir ja. Hier benötigte man die gefundenen Zahlenkombinationen. Das Verfahren zur Ermittlung der Koordinaten des Finals war ziemlich kompliziert. Vereinfacht gesagt musste man den mitzubringenden Zollstock in einen vorgefertigten Behälter je nach gefundener Kombination unterschiedlich hochschieben und bekam so die Ziffern der Koordinaten. Das war mühsam und erforderte viel Geschick und Geduld, sodass wir alle drei damit beschäftigt waren.

Leider aber fehlte uns ja die Lösung von Station 2, daher mussten wir ausprobieren, welche Koordinaten es sein könnten. Die meisten Ergebnisse schieden direkt aus, weil sie Koordinaten ergaben, die viel zu weit entfernt waren. Ein Ergebnis erschien uns unglaubwürdig, weil es im Ort lag und das wäre bestimmt nicht gut angekommen, wenn dort nachts oder gegen frühen Morgen irgendwelche Gestalten „herumirrten". So blieben 2 Möglichkeiten offen, die Gott sei Dank nicht weit auseinanderlagen und sich auch nicht weit vom Dechiffrierer befanden.

Schon die erste Möglichkeit sah gut aus, es gab die üblichen verräterischen Spuren, wenn viele Cacher denselben Weg benutzen. Nach wenigen Metern standen wir vor einer uralten, verwahrlosten Treppe mit etlichen nach unten gehenden Stufen, die irgendwann wohl einmal zu einem weiter unten stehenden Gebäude geführt haben müssen. Gleichzeitig begann rechts neben uns und parallel zu der Treppe ein ca. 2 m hohes Uralt-Mauerwerk, wie weit es nach unten ging, konnten wir nicht sehen, denn vieles war total zugewachsen.

Nachdem wir vorsichtig etwa 10 Treppenstufen bergab gegangen waren, zeigten unsere GPS-Geräte, dass wir am Ziel waren. Wir suchten entlang der Treppe und des Mauerwerks, konnten aber nichts finden. Bis wir uns umdrehten und an den Mauerresten, etwas über Kopfhöhe, eine uralte, nicht mehr funktionierende Lampe entdeckten. In dem Augenblick ahnten wir, dass wir den Cache entdeckt hatten, denn als Hilfe zum Auffinden war angegeben „Hier geht euch kein Licht mehr auf!". Wir waren nervös und angespannt. Einer öffnete vorsichtig die Halterung, während ein zweiter unter der Lampe nach unten absicherte, nicht, dass im letzten Moment noch etwas heraus- und den Hang hinunterfiel.

Aber es ging gut und endlich hielten wir die große Dose in unseren Händen. Unsere Gefühle in dem Moment kann man nicht in ein paar Worten beschreiben. Wir lachten, klatschten uns ab, als wenn wir irgendetwas Großes vollbracht hätten, erst später wurde uns klar, dass wir das ja auch hatten. Endlich konnten wir uns ins Logbuch eintragen und diesem so wunderschönen und doch verfluchten Nachtcache zeigen: Wir haben dich geschafft, wir haben den Beschuss überlebt und jetzt stehen wir für alle Ewigkeiten in deinem Logbuch.

Natürlich waren wir in erster Linie erleichtert, aber wir waren auch stolz, Megastolz, dass wir es trotz aller Widrigkeiten geschafft hatten und dass wir so stark gewesen waren, nicht aufzugeben.

Meine „Kampfgefährten" mailten den Fund natürlich direkt nach Hause und prompt kamen die ersten Glückwünsche.

Es war eine aufregende und, trotz aller Widrigkeiten, eine wunderschöne Tour gewesen, für mich neben meiner allerersten Tour in Bayern (siehe Episoden 1 und 2) das absolute Highlight in meiner bisherigen Cacher-Karriere. Oft sprechen wir heute noch über diesen so hervorragend gelungen Nachtcache.

Wir haben dreimal ansetzen müssen, wir haben oft und lange verzweifelt gesucht und wir erlebten einen dramatischen, nicht geplanten „Beschuss" voller Schrecken.

Einige Aufgaben erforderten unser ganzes Geschick, 2 Aufgaben brachten uns an den Rand des Wahnsinns, egal was wir auch anstellten, wir schafften es nicht, sie zu lösen.

Uns wurde saukalt, wir waren hundemüde und wir waren mehr als einmal am Ende unserer Kräfte!

Und das alles für eine Geocaching-Dose mit einem kleinen Logbuch drin?

Nein, das hier war mehr, uns hat es zusammengeschweißt bis zum heutigen Tag, wir hatten viel Spaß, mehr als bei jedem anderen Cache.

Daher war dieser Nachtcache ein einmaliges Erlebnis und wird für uns unvergessen bleiben.

Episode 24 - Die vertauschten Zwerge

Schneewittchen und die 7 Zwerge, Teil 1

„Schneewittchen und die 7 Zwerge", so lautet eine schöne Cacherrunde oberhalb von Ariendorf, einem kleinen Ort zwischen Bad Hönningen und Linz am Rhein.

Die Ownerin hat auf einem Rundkurs 7 Petlinge ausgelegt, diese alle mit einem Zwergen-Kopf versehen und jedem der Zwerge einen Namen gegeben.

Das wohl jedem bekannte Märchen verlief für mich ganz anders, es wurde zu einer Horror-Geschichte, wie keine andere bisher. Mir hätte der Anfang eigentlich schon eine Warnung sein müssen.

Da ich immer ohne Karte und nur mit Kompass gehe, gebe ich, wenn ich unbekannte Gebiete aufsuche, vor der Tour alle Koordinaten bei Google Earth ein und lade mir dann ein oder zwei Bilder der Gebiete mit den eingezeichneten Caches auf mein Handy. Das aber konnte ich wegen eines Defektes an dem Tag nicht nutzen. Aufschieben wollte ich die Runde aber deswegen nicht, es war ja keine allzu große Runde.

Also fuhr ich mitten in der Woche zu dem im Listing angegebenen Start-Parkplatz. Auto abgestellt, Rucksack auf, Wanderstöcke aus dem Auto, GPS-Gerät „angeschmissen" und los ging's, eine kleine Straße bergauf.

Es waren bis zu *Brummbär*, dem ersten Zwerg, bestenfalls 500 m. Der Hint lautete „Am Fuße eines Baumes am Hang-Rand (oben)". Als ich dort eintraf, war ich erst einmal perplex, denn ich stand weit unterhalb von *Brummbär*. So hoch in einem Hang hatte ich, bei einer T2,5-Wertung, noch keinen Cache vorgefunden. Cacherspuren zeigten deutlich, wo es hochging, aber da wäre ich niemals hochgekommen, das war wirklich „Hang pur". Etwas verzweifelt folgte ich der leicht bergauf gehenden Straße, in der Hoffnung, einen leichteren Zugang zu finden. So war es auch, denn etwas weiter oben fand ich einen besseren Zugang, immer noch „Hang", aber „nicht mehr ganz so viel Hang". Mit der einen Hand stützte ich mich auf meinem Wanderstock ab, mit der anderen Hand griff ich immer wieder an einen Ast oder einen kleinen Baum, an dem ich mich hochhangeln konnte.

Als ich oben war, musste ich die Entfernung, die ich ja weitergegangen war, wieder zurückgehen, das waren gut und gerne 50 m. Was aber unten auf der Straße 50 „normale" Meter waren, war oben, dank Dornen und dichten Ästen, ein einziges Kreuz- und Querlaufen.

Aber ich kam hin, ich konnte *Brummbär* besuchen und mich ins Logbuch eintragen. Zurück wählte ich den gleichen umständlichen Weg, ich wäre sonst nie lebend heruntergekommen. Aber selbst von dort aus waren es noch gut und gerne um die 10 Meter nach unten. Hoch war das ja noch ganz gut gegangen, aber nun stand ich da oben und wusste nicht, wie ich wieder heil herunterkommen sollte.

Einfach so heruntergehen habe ich mich wegen eines gerade erst von einer Entzündung geheilten Knöchels nicht getraut. Was aber tun? Vor lauter Verzweiflung habe ich mir aus Ästen etwas zusammengebastelt, den Rucksack darauf gelegt, mich obendrauf gesetzt und bin dann im „Slalom", Bäume bzw. dicke herabhängende Äste habe ich als Halt genutzt, den Abhang langsam und vorsichtig heruntergerutscht.

Es war mühsam, aber es klappte und ich kam tatsächlich heil unten an. Ich war ganz schön erleichtert, als ich endlich wieder auf gerader Fläche stand. Und nichts hatte gelitten, weder meine Klamotten noch der Rucksack. Gekonnt ist halt gekonnt!

Nachdem ich mich erholt hatte, ging es weiter zu *Seppl*, dem zweiten Cachezwerg, der Hint lautete einfach nur „Baumrinde". Klar, dass sich diese Baumrinde wieder oben im Hang befand, aber viel besser erreichbar als der erste. *Seppl* hatte ich daher, ich hatte ja nun schon Übung im Hangbezwingen, schnell gefunden und war auch wieder gut unten angelangt. Aber kaum war ich unten, folgte der Schock.

In jedem Listing stand „Suche auf dem Rundweg alle 7 Zwerge (und schreibe dir die Bonuszahlen auf), um Schneewittchen in ihrem gläsernen Sarg zu finden".

„Bonuszahlen", oh nein, ich hatte beide vergessen. Aber nach dem Erlebnis bei *Brummbär* hätte mich nichts auf der Welt nochmals nach oben gebracht, also musste Schneewittchen eventuell auf meinen Besuch verzichten. Basta!

Weiter ging es auf einem ebenen schönen Waldweg zu *Schlafmütz*, der „Unter einem Stein, relativ am Anfang des Steinfeldes" liegen sollte. An den Koordinaten angekommen, fand ich den Cache auf Anhieb auf der Rückseite eines Baumes, aber von Steinen keine Spur, na egal, Hauptsache gefunden.

Plötzlich machte es plitsch, kurz darauf wieder, immer nur kurz, dann wieder, nur ganz wenig, es fing leicht an zu regnen. Regen war zwar ab etwa 17 Uhr gemeldet, wir hatten aber gerade erst etwa 14.00 Uhr. Vorsichtshalber hatte ich einen kleinen Schirm im Rucksack, aber da der Wald ja viel abhält, kam ich noch ohne ihn zum Cache Nummer 4, dem „*Chef*".

Laut Hint war er an einer Mauer zu finden, aber ich fand ihn nicht, so sehr ich auch alles absuchte. Mittlerweile war der Regen stärker geworden und da ich gerade erst bei etwa der Hälfte der Runde angelangt war, beschloss ich, abzubrechen. Ich hatte aufgrund der Karte, die ich zuhause gefertigt hatte, aber wegen defektem Handy nicht mitnehmen konnte, noch in Erinnerung, dass ich in der Nähe des Caches Nummer 4 einem Weg nach unten folgen musste, der mich wieder zum Parkplatz führen würde.

Nach kurzem Suchen fand ich den auch und so ging ich in Serpentinen nach unten. Aber als ich weiter unten aus dem Wald kam, stand ich in mir völlig unbekanntem Gelände. Ich war etwas ratlos, hatte keinen Anhalt mehr und so folgte ich dem Weg weiter runter, bis ich auf einen asphaltierten Weg für Radfahrer und Fußgänger stieß. Dort folgte der nächste große Schreck, ein kleines Hinweisschild zeigte mir 1,2 km bis nach Ariendorf, ich war viel zu weit links gelandet. Ich war dem falschen Weg gefolgt und hatte mich unbewusst immer weiter von meinem Auto entfernt.

Ich war in dem Moment frustriert, aber auch ziemlich verzweifelt, ich war ja noch nicht ganz fit und nun musste ich noch so weit laufen. Die erwähnten 1,2 km waren ja nur die Entfernung bis zum Ortseingang, dazu kamen aber mindestens weitere 500 m, weil ich ja mitten im Ort geparkt hatte.

Aber es nutzte ja nichts, also bin ich ziemlich mutlos losmarschiert, wobei „marschiert" eindeutig übertrieben ist. Nach etwa hundert Metern kam ich an einer Bushaltestelle vorbei, ich habe erst gar nicht auf den Fahrplan geschaut, denn mein Portemonnaie lag in meinem Auto, wozu sollte ich es denn in einen Wald mitnehmen?

Also tigerte ich weiter, Gott sei Dank hatte es wieder aufgehört zu regnen, aber alles war nass. Ich malte mir in Gedanken die schönsten Bilder, um mich aufzumuntern, richtig geholfen hat es nicht. Der Weg ging immer entlang einer kaum befahrenen Nebenstraße, die parallel zur Bundesstraße nach Ariendorf hineinführte und wohl nur Insidern bekannt sein dürfte. Ab und zu kam auch mal ein Auto vorbei.

Und dann war es soweit, ich war so müde und verzweifelt, dass ich den Daumen hob, in der Hoffnung, es würde mich jemand mitnehmen. Tatsächlich kam nach über 5 Minuten mal wieder ein Auto und es hielt sogar, unfassbar! Ein junger Kerl fragte mich, wo ich bei dem Wetter denn hinwolle. Ich habe ihm alles kurz erklärt, er räumte erst einmal alles vom Beifahrersitz und dann saß ich drin. Ich genoss jeden einzelnen Meter, denn ich brauchte ja nicht mehr laufen.

Er lachte, als er meine Story hörte und er fuhr doch tatsächlich extra für mich noch einen kleinen Umweg und brachte mich genau an die Treppe, die hoch zum Parkplatz führt. Ich habe mich tausendfach bei ihm bedankt und ich glaube, ich habe mein Auto noch nie so herzlich begrüßt wie in dem Moment.

Zu Hause angekommen, wusste ich nicht, was ich als Erstes machen sollte, ich war nass geworden und war durchgeschwitzt, hatte barbarischen Hunger und war hundskaputt. Alles flog schnellstens irgendwo hin, irgendwie habe ich es sogar noch zu einer Schnelldusche geschafft, das Abtrocknen wurde kombiniert mit Zwischendurch-Essen eines Stückes Fleischwurst und etwas Brötchen und dann ging es nur noch ab auf die Couch. Ich glaube, ich bin schon auf dem Weg dorthin eingeschlafen, so kaputt war ich. Ich habe weit über eine Stunde geschlafen, bis ich einigermaßen wieder zu mir kam.

Als ich später meine Logeinträge machen wollte, wurde mir klar, was passiert war. Alle 7 Caches der Runde fingen mit „Schneewittchen und die 7 Zwerge" an. Erst danach kam dann z. B. „1 *Brummbär*". Mein GPS-Gerät zeigt aber immer nur die ersten paar Worte eines Caches an, ich konnte daher immer nur lesen „Schneewittchen und die". Logischerweise bin ich vom ersten Cache der Runde (*Brummbär*) zu dem mit der kürzesten Entfernung getigert. Aber das war nicht der zweite Cache, sondern der 7. und letzte Zwerg gewesen, ich bin die Runde komplett falsch herum gelaufen. Es war reiner Zufall, dass die Hints sich ähnelten, dadurch habe ich es auch nicht bemerkt, aufgefallen war mir nur das fehlende Steinnest, aber da ich den Cache ja gut gefunden hatte, machte ich mir darüber keine Gedanken.

Das war schließlich auch der Grund, warum ich den falschen Weg erwischte und so weit von meinem Auto entfernt im Nachbarort gelandet bin.

Aber die Pannenserie war damit noch längst nicht beendet, freut euch auf weitere Pannen im 2. Teil meiner Abenteuergeschichte (siehe Episode 25).

Episode 25 - Oben im Schneewittchen Land

Schneewittchen und die 7 Zwerge, Teil 2

Durch die „Chaos-Erlebnisse" (siehe Episode 24) hatte ich nur 3 der 7 Zwerge gefunden, also ging es ein paar Wochen später wieder dorthin. Da ich aber nur 4 Zwerge zu finden hatte, suchte ich mir die kürzeste Strecke aus und parkte auch woanders.

Was soll ich sagen, der Tag lief perfekt, es gab nur noch einen einzigen Cache in einem Hang, der aber war gut zu erreichen. Alle anderen Caches lagen ebenerdig und waren gut zu finden.

Beim Zwerg *Hatschi* konnte ich sogar auf Anhieb den Cache in dem schon erwähnten großen Steinnest finden.

Kurz und gut, über den Tag gibt es kaum etwas zu berichten, alles verlief ohne Probleme, ich musste mich nicht quälen, fand jeden Cache fast auf Anhieb, fand alle, verlief mich nicht und fand ohne Probleme zurück zu meinem Auto.

Aber irgendetwas musste ja noch folgen. Unterhalb meines Parkplatzes waren neben und in einer bergab führenden 90-Grad-Linkskurve Bauarbeiten im Gang. Hinter dieser Kurve hatten die Bauarbeiter ein kleines provisorisches Holzgerüst aufgestellt, an dem sie alles Mögliche aufgehängt hatten. Gerade als ich vom Parkplatz fahren wollte, kam von rechts oben ein beladener Lkw, den ich vorbeilassen musste. Der war aber wohl etwas zu schnell für die Kurve, ich sah jedenfalls plötzlich etliche Teile in der Gegend herumfliegen, gut, dass ich weit genug hinter ihm geblieben war. Es gab sofort aus zig Kehlen ein großes Geschrei, aber der Lkw fuhr einfach weiter. Einige Bauarbeiter gaben mir Zeichen zu halten, sie hatten sich geistesgegenwärtig das Nummernschild gemerkt und baten mich, als Zeuge auszusagen, wenn sie Hilfe benötigen würden. Ich habe aber nie wieder etwas von dem Vorfall gehört, also denke ich, man hat sich so geeinigt.

Nachdem dieser Tag so erfolgreich gelaufen war, fehlte mir noch die Hauptperson der Runde: Schneewittchen. Alle ihre Zwerge hatte ich ja gefunden, aber um Schneewittchen zu finden, benötigte ich 7 Bonuszahlen, ich hatte aber die ersten beiden ja nicht gefunden. Somit blieb mir nur die Hilfe der Ownerin in Anspruch zu nehmen. Ich habe ihr wahrheitsgemäß alles geschildert und prompt kamen nicht nur diese beiden, sondern alle Bonuszahlen.

So konnte ich nun die Final-Koordinaten ermitteln, gab sie wie üblich bei Google Earth ein und, oh weh, wo zeigten die Koordinaten denn hin? Nicht nur, dass Schneewittchen weit weg von ihren Zwergen zu finden war, nein, ihr laut Listing gläserner Sarg, aus dem man sie befreien sollte, befand sich zu allem Überfluss auch noch hoch über dem Ort. Nein, ich muss mich korrigieren, „hoch" passt nicht dafür, es muss lauten „sehr hoch", zumindest für mich und meine lädierten Knochen. Aber ich wollte den Abschluss haben, unbedingt.

Die Runde ohne Schneewittchen zu beenden, kam absolut nicht infrage.

Im Listing hieß es, dass man Schneewittchen nur mit Hilfe einer gefüllten 1,5 Liter PET-Flasche aus ihrem gläsernen Sarg befreien könnte. Also durfte ich nicht nur den steilen Berg hochstapfen, in meinem Rucksack hatte ich auch noch 2 Liter Wasser zu schleppen. Ja 2 Liter, aus gemachter Erfahrung habe ich lieber etwas mehr mitgenommen, als vorgegeben war.

Zunächst ging es steil auf breiterem Weg berghoch, bis vorbei an den letzten Häusern. Als sich Hoffnung abzeichnete, der breite Weg wurde endlich etwas flacher, hieß es links hoch, auf einen schmalen, noch steileren Pfad. Wie steil der war, kann man daraus ersehen, dass mehrfach kleine Holztrittstufen eingebaut waren. Ich habe nicht gezählt, wie oft ich stehen geblieben bin und vor allem, wie oft ich diese Aufgabe verflucht habe. Auf dem Pfad nach oben dürfte jeder einzelne Baum an der Strecke meine Leidensgeschichte kennen.

Aber irgendwann ist man immer am Ziel, in dem Fall halt dort, wo mich die Koordinaten hinführten. Was ich fand, war eine traumhafte Aussicht, das muss ich ehrlicherweise zugeben, aber da war kein Schneewittchen. Ich suchte alles im Umkreis des Pfades ab, an den dortigen Spuren konnte ich deutlich erkennen, ich war nicht der Erste. Aber was ich auch absuchte, Schneewittchen war nicht dort. Ich ging sogar freiwillig noch ein wenig weiter nach oben, aber auch da war nichts. Ich war am Ende! Alles war umsonst gewesen!

Ich habe mich einfach irgendwo hingesetzt und war enttäuscht, groggy, verzweifelt. Irgendwann habe ich mich endlich aufgerafft und lustlos den Weg nach unten angetreten.

Nach wenigen Metern bergab fiel mir etwas auf, das ich beim stöhnenden Heraufgehen nicht gesehen hatte, einen winzigen Zugang in den Wald hinein, man konnte ihn kaum erkennen. Ich bin vorsichtig dort rein, nach wenigen Metern wurde aus dem winzigen Zugang ein kleiner Pfad, dem ich folgte. Nach 2 Kurven stand ich urplötzlich direkt vor dem gläsernen Sarg mit Schneewittchen. Ich konnte mein Glück überhaupt nicht richtig fassen, ich hatte ja schon aufgegeben.

Allzu viel will ich jetzt hier nicht ausplaudern, aber ich denke, jeder Cacher weiß auch so, was dort zu tun war. Ich hatte ganz bewusst etwas mehr Flüssigkeit mitgenommen und wollte vorsichtig vorgehen und erst einmal „probieren".

Mein erster Versuch klappte aber nicht, ich änderte die Taktik, wieder Fehlanzeige.

Nun war ich richtig frustriert. Irgendwie handelte ich jetzt nur noch instinktiv und siehe da, das führte zum Ziel. Zumindest beinahe, denn ich hatte schon zu viel vom mitgeschleppten Wasser verbraucht, daher konnte ich Schneewittchen nicht mehr befreien, sie musste in ihrem Sarg bleiben. Ich war ganz schön deprimiert und so wurde der Weg hinunter und an mein Auto elendig lang.

Zu Hause habe ich ein paar Tage hin- und herüberlegt, mich dann aber getraut, der Ownerin alles zu erzählen. Und siehe da, ich bekam die Erlaubnis Schneewittchen als „Gefunden" loggen zu dürfen, denn gefunden hatte ich sie ja schließlich auch.

Damit hatte alles für mich doch noch ein gutes Ende gefunden.

Anhang 1 - Geocaching-Begriffe

Hier eine kleine Auflistung der wichtigsten Geocaching-Begriffe, die einen Nicht-Cacher verwirren können, wenn er sie das erste Mal hört. Hier nicht aufgeführte Begriffe können unter
- *https://www.cachewiki.de / Allgemeines / Begriffe*
nachgesehen werden.

Account	*Um am Spiel Geocaching teilnehmen zu können, ist eine einmalige Registrierung bei Geocaching notwendig. Die erforderlichen persönlichen Angaben werden in einem sog. Account, einem persönlichen Benutzerprofil, gespeichert.*
Cache	*Das Versteck, meist ein Behälter mit einem Logbuch.*
Cacher	*Ein Cacher (Kurzform von Geocacher) ist jeder, der bei einer der Geocaching-Plattformen im Internet einen eigenen Account angelegt und sich dort mit einem Geocaching-Nicknamen registriert hat.*
DNF	*Abkürzung für „Didn't find it". Ein Logeintrag, der besagt, dass der Cache nicht gefunden wurde.*
Final	*Bei einem Multi oder einem Mystery der endgültige Ort, an dem auch der Cache liegt.*

GPS-Gerät	*Ein GPS-Gerät ist ein tragbares kleines Gerät, das aus Satellitensignalen die eigene Position bestimmen kann. Mittels integrierter Karte oder Kompass führt es den Cacher bei Geocaching zum Cache.*
FTF	*Abkürzung für „(I am the) first to find (this cache)". Frei übersetzt „einen Cache als Erster finden".*
Hint	*Ein Hilfehinweis zum Auffinden des Caches.*
Koordinaten	*Mit Koordinaten wird die exakte Lage des Caches gekennzeichnet, wobei es verschiedene Möglichkeiten gibt. Die Angaben erfolgen in Breiten- und Längengraden.*
Listing	*In einem Listing (sinngemäß auf Deutsch „Cachebeschreibung") sind alle Einzelheiten aufgeführt, die zum Finden des Caches wichtig sind.*
Log / Logeintrag	*Eintragen des Fundes in die Geocaching-Datenbank (= loggen). Damit erhält der Cacher einen Punkt für den gefundenen Cache.*
Logbuch	*Logbücher sind Notizbücher, in die sich der Cacher als Nachweis, dass er den Cache gefunden hat, mit seinem Nicknamen eintragen muss. In Mikrocaches kommen häufig Logstreifen zum Einsatz.*
Mikro (-cache)	*Cache mit einem Volumen von unter 100ml, welcher nur einen kleinen Logzettel oder -streifen enthält.*

Muggel	*Ein Mensch, der unwissend in Bezug auf Geocaching ist.*
Multi (Multi-Cache)	*Ein Geocache mit mehreren Stationen oder Hinweisen.*
Mystery (Mystery-Cache)	*Ein „Mystery" ist ein Rätselcache. Um die Finalkoordinaten zu erhalten, muss zuerst das Rätsel gelöst werden.*
Nachtcache	*Besonders beliebte, aber seltene Cache-Art, welche durch die Verwendung bestimmter Installationen nur nachts auffindbar ist.*
Nickname (= Nutzername)	*Ein Fantasiename, den man sich selbst aussucht und bei der ersten Anmeldung bei geocaching.com eingibt. Unter diesem Namen ist man ab dann als Geocacher gelistet.*
Owner	*Der Besitzer des Caches (engl.: to own = besitzen).*
Spoiler	*Ein Hinweis, der helfen soll, den Cache zu finden. Meist ein Bild.*
Tradi	*Abkürzung für „Traditional Cache", dem einfachsten Cachetyp. An den im Internet veröffentlichten Koordinaten liegt auch der Cache.*

Anhang 2 - Besondere Geocaches

Hier ein paar Bilder von Caches, die ich gefunden habe und die etwas außergewöhnlich sind. Der Phantasie sind jedenfalls keine Grenzen gesetzt und es ist immer wieder schön, auf etwas Ungewöhnliches zu stoßen.

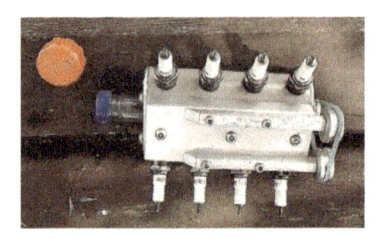

Ein Motorblock als Cache-Halterung

Eine häufige Versteckart, ein Vogelhäuschen. Das Einflugloch ist zugesperrt, damit sich kein Vogel hineinverirrt

Eine – Gott sei Dank – harmlose Guillotine mit einer Filmdose als Cache

Nach wie vor mein Lieblingscache: „Mondgestein". Ein sehr schwerer Mystery mit einem wunderbaren Final

Und jetzt drei ganz spezielle Konstruktionen. Sie wurden mit viel Liebe erstellt und dienen nur einem einzigen Zweck: Den Cache zu verstecken, aber dabei auch etwas ganz Besonderes zu erleben.

Eine liebevolle Darstellung des Weltraums

Das Non plus Ultra aller meiner Caches. Ein wahres Kunstwerk, bei dem man nur durch Drücken von Tasten usw. an den Cache herankam

Eine, in wochenlanger Handarbeit gefertigte Tongrube, zur Einnerung an den Tonabbau in meinem Heimatort

Anhang 3 - Geocaching Souvenirs

Zu bestimmten Anlässen gibt es von Geocaching ein Souvenir als Belohnung. Dies soll natürlich als Anreiz dienen, damit möglichst viele Cacher in der ganzen Welt mitmachen. Mal ist es ein besonderer Tag, mal eine bestimmte Aktion, mal ein Wettbewerb. Jeder, der erfolgreich teilnimmt, erhält dann das entsprechende Souvenir automatisch in sein Portrait eingefügt.

Wann man das Souvenir erhalten kann und was im Einzelnen zu beachten ist, wird von Geocaching lange vorher mit allen Einzelheiten bekannt gegeben.

Ich habe einmal ein paar schöne Souvenirs aus meinem persönlichen Portrait herausgesucht und zeige sie – mit ein paar Erklärungen – auf den beiden folgenden Seiten.

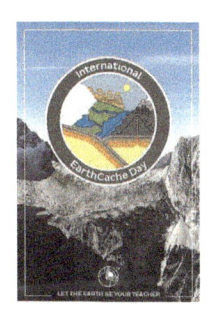

Links:
Internationaler Earth-Cache-Tag 2016.
09. Oktober 2016

Rechts:
Internationaler Mystery-Agententag 27. August 2016

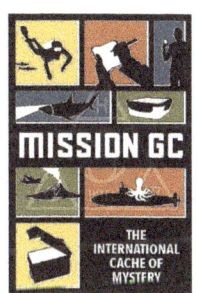

Höchste Auszeichnung für über 500 Punkte in der sog. Freundesliga für den Wettbewerb „Planetary Pursuit" vom
25. März bis 08. April 2018

Teilnahme am Geocaching- Wettbewerb „Haunted Hides" vom 29. bis 31. Oktober 2016

Auszeichnung für einen gefundenen Cache am 1. Tag des neuen Jahres 2018

Souvenir aus Anlass des Schaltjahres 2016 für einen gefundenen Cache vom 27. bis 29. Februar 2016

Geocaching.com souvenirs © Groundspeak, Inc. Used with permission.

139

Souvenir für die Teilnahme an einem Event anl. des auf der ganzen Welt gefeierten „Australia Day 2018" vom 26. bis 28. Januar 2018

Auszeichnung für einen gefundenen Cache am letzten Tag des Jahres 2018

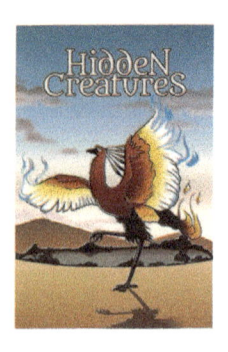

Auszeichnungen im Rahmen des Wettbewerbs „Hidden-Creatures" vom 28.06. bis 25.07.2018.

Links: Für 25 geloggte Caches
Rechts: Für 50 geloggte Caches

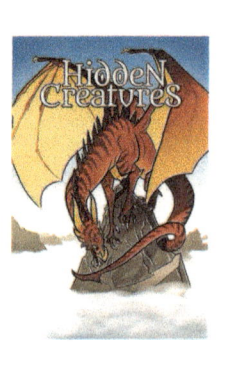

Geocaching.com souvenirs © Groundspeak, Inc. Used with permission.

Anhang 4 - Achendamm-Runde

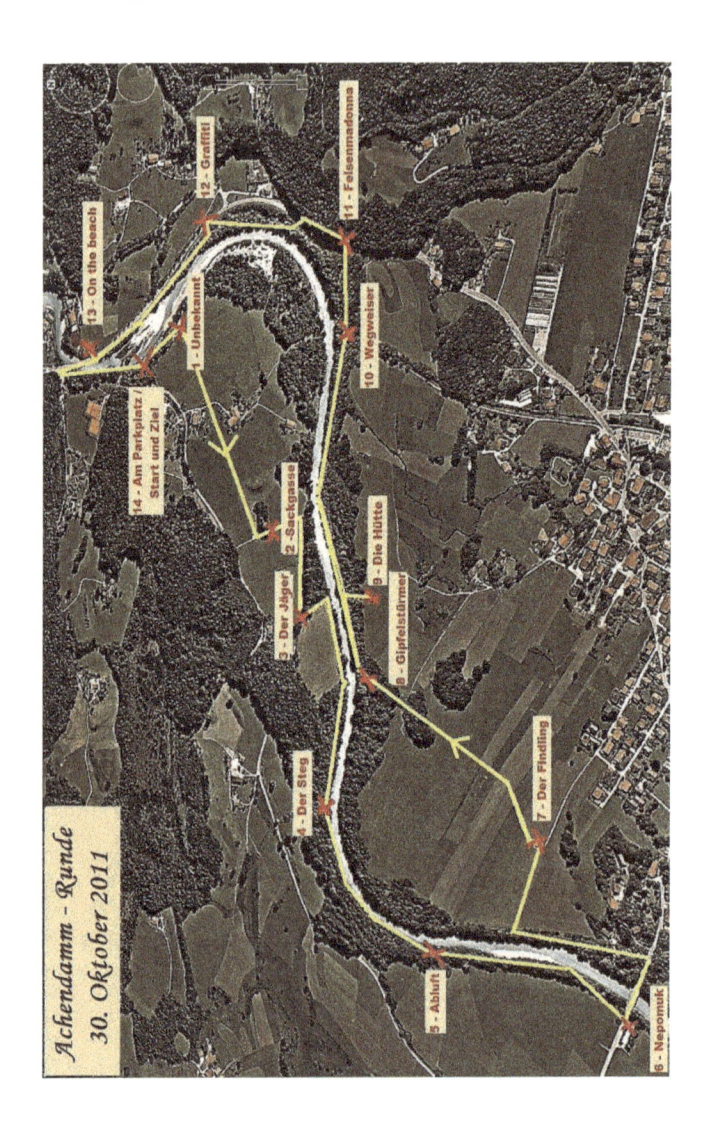

© *Copyright 2019* - **Urheberrechtshinweis**

Alle Inhalte dieses Buches, insbesondere Texte, Fotografien und Grafiken, sind urheberrechtlich geschützt. Das Urheberrecht liegt, soweit nicht wie folgt ausdrücklich anders gekennzeichnet, beim Autor.

Ich bedanke mich für die unentgeltliche Überlassung der Bilder der Episoden 1 und 2 bei Günter Duda, Grassau/ Mietenkam (Bayern), Nickname: G-Duda. An ihn geht auch ein dickes Dankeschön, da er einige der Bilder der Achendamm-Runde speziell für dieses Buch neu aufgenommen hat.

Ein weiteres Dankeschön für die unentgeltliche Überlassung des Bildes der Episode 24 geht an Nina Vahrenkampf, Bad Hönningen.

Und schließlich geht mein Dank an das Hauptquartier von Groundspeak in Washington / USA, das mir die gesamten Souvenirs des Anhangs 3 mit folgender Auflage unentgeltlich überlassen hat: *Geocaching.com souvenirs © Groundspeak, Inc. Used with permission*

Wer gegen das Urheberrecht verstößt (z. B. Bilder oder Texte unerlaubt kopiert), macht sich gem. §§ 106 ff UrhG strafbar, wird zudem kostenpflichtig abgemahnt und muss Schadensersatz leisten (§ 97 UrhG).